Sergej Prokofjev

DER WANDERNDE TURM

Sergej Prokofjev

DER WANDERNDE TURM

Die Erzählungen

Herausgegeben und
mit einem Nachwort versehen
von Lucian Plessner

Aus dem Russischen von
Lucian Plessner und A. Kravtsova

Mit Illustrationen
von Babette Klingenberg

Edition **Elke Heidenreich** bei C. Bertelsmann

Verlagsgruppe Random House FSC-DEU-0100
Das für dieses Buch verwendete FSC®-zertifizierte
Papier *Munken Premium Cream* liefert Arctic Paper
Munkedals AB, Schweden.

Die Bücher der Edition Elke Heidenreich erscheinen
im C. Bertelsmann Verlag, einem Unternehmen
der Verlagsgruppe Random House.

1. Auflage
© der deutschen Erstausgabe 2012 by
Edition Elke Heidenreich bei C. Bertelsmann, München,
in der Verlagsgruppe Random House GmbH
Satz: Uhl + Massopust, Aalen
Druck und Bindung: GGP Media GmbH, Pößneck
Printed in Germany
ISBN 978-3-570-58034-9

www.edition-elke-heidenreich.de

Inhalt

Der wandernde Turm 7
Missverständnisse kommen vor 29
Als der Uhrmacher tot war 49
Das Märchen vom Fliegenpilz 55
Ein fieser Hund 81
Zwei Grafen 99
Ultraviolette Freiheiten 113
Kröten 127
Verwerfliche Leidenschaft 137
Sie lagen im Rauchsalon 163
Wissen Sie, wann… 171

Nachwort 173
Zeittafel 187

Der wandernde Turm

I

Marcel Vautour war zweifellos ein bemerkenswerter Mann und sein Name ein Begriff in den gebildeten Kreisen von Paris. Zwar hielten Sesselgelehrte, ihr Wissen hinter dunklen Brillengläsern verbergend, und feinsinnige Denker, ihre Gedanken unter den Gewölben ihrer hohen weißen Stirnen bewahrend, ihn für einen komischen Kauz, gestanden ihm aber einen scharfen und wendigen, wenn auch bisweilen fehlgeleiteten Verstand zu. Herablassend lächelten sie und sagten, selbst wenn sein Verstand ihn unter die Erde in die Tiefe babylonischer Ausgrabungen zöge, so entführe ihn leider seine um vieles stärkere Phantasie immer wieder hoch hinaus, weswegen er und seine Forschung recht häufig über den Wolken schweben würden, von wo er im Übrigen ganz spannende Dinge zu vermelden habe.

Immerhin aber ging Marcel Vautour niemandem auf die Nerven, versuchte niemandem seine Ansichten aufzuzwingen, sondern verschwand lieber für ein oder zwei Jahre in sein geliebtes Assyrien, wo er dank weitreichender Beziehungen und des nötigen Kleingelds nach Herzenslust in Sand und Ruinen buddeln, tausendjährige Tafeln mit befremdlichen Keilschriften finden, sie entziffern und geniale Mutmaßungen darüber anstellen konnte, um dann, zurück in Paris, mit einem brillanten Artikel aufzutrumpfen, der die unglaublichsten Dinge enthielt. Der Artikel war immer eine Sensation, die Ausgabe des schicken Journals bald vergriffen, in den Salons ging es hoch her, und seine Freunde gaben ihm zu Ehren ein Bankett. Da er aber auf keine Kanzel stieg, es nicht auf Dispute mit den Herren der Lehre anlegte, niemandem seine Ansichten aufzudrängen versuchte, war es jedermann zufrieden – die Gelehrten konnten weiterhin lächeln und weiterhin sagen, selbstverständlich sei er sehr scharfsinnig, aber er schwebe eben über den Wolken.

II

Diesmal blieb er nicht ein oder zwei Jahre in Assyrien verschollen, sondern gleich fünf. Seine Verleger, die nach einem reißerischen Artikel gierten, telegrafierten mal nach Damaskus, mal nach Bagdad, aber er hatte sich zwischen Euphrat und Tigris mitsamt seiner kleinen Karawane im Sand Alt-Mesopotamiens eingegraben, war mit Haut und

Haar dem verblassten Zauber der Akkader und Sumerer verfallen, den beinahe ausgelöschten Mythen dieser einst so hochstehenden Kultur. Die Geschicke Nebukadnezars schienen ihm bedeutender zu sein als die Geschicke von Paris und sandige Höhlen allemal gemütlicher als die erlesensten Salons. Und aus den Tiefen solcher Höhlen tauschte er sich durch komplizierte Hieroglyphen mit Kulturen aus, die in jenen weit zurückliegenden Zeiten geblüht hatten, da Marcels Vorfahren, nicht ganz dem Evolutionsstadium der Affen entronnen, noch auf Bäumen saßen, wo heute Paris ist.

Einer seiner Assistenten, der an Gelbfieber erkrankt und deshalb in sein Heimatland zurückgekehrt war, berichtete, dass im Vorjahr Marcel Vautour, von einer hartnäckigen Idee beseelt, sich darangemacht hatte, in jener Gegend, wo einst das antike Babylon gestanden hatte, die Überreste des Turms zu Babel auszugraben. Eine ganze Serie von Zeitungsartikeln stürzte sich auf diese Nachricht, in den Salons wurde geredet, aber studierte Assyriologen schüttelten ihre Köpfe und sagten lächelnd, dass dies natürlich unterhaltsam sei, dieser Turm zu Babel, aber *unser lieber Marcel* schwebe, zusammen mit seinem vielsprachigen Bauwerk, wie gewöhnlich über den Wolken.

Irgendwann waren die fünf Jahre um, und Marcel Vautour kehrte höchstpersönlich nach Paris zurück. Er reiste an im eigenen Eisenbahnwaggon, randvoll beladen mit großen und kleinen Kisten und irgendwelchen sorgsam und dick verpackten Gegenständen. Aus dem brillanten

Gelehrten, der einst Paris verzaubert hatte, war ein sonnenverbrannter Kupferkopf geworden, der auch noch mit einem Bart bewachsen war. Aber der Bart konnte seine feinen Gesichtszüge nicht verbergen, und der bronzene Teint betonte nur noch ihre Schärfe.

Über all dies schrieben die Reporter sofort, aber dann geriet die Berichterstattung ins Stocken – in der Wildnis Asiens war unserem liebenswürdigen Assyriologen nämlich die großstädtische Liebenswürdigkeit abhandengekommen, und so empfing er niemanden und gab auch keine Interviews. Allein seinen Freunden teilte er mit, die Ergebnisse seiner Untersuchungen seien bedeutsam, bedeutsamer, als sich die moderne Menschheit das träumen lassen mochte. Jetzt jedoch sei er müde von der Reise, dazu Opfer von Fieberattacken, die auch ihn nicht verschonen, doch nichtsdestoweniger werde er sich gleich am folgenden Tage daransetzen, die gewaltige Materialfülle seiner bereits vor Ort vorsortierten Sammlung endgültig in eine Ordnung zu bringen. Am Ende werde er dann einen Vortrag über den Turm zu Babel halten und in diesem Vortrag Fakten nennen, die möglicherweise die gesamte Geschichtsschreibung auf den Kopf stellen, die Wissenschaft verblüffen und vielleicht selbst die Bibel ins Wanken bringen würden. Er sprach ernsthaft, in geschäftsmäßigem Ton, ohne im Geringsten zu prahlen, aber so müde sah er dabei aus, dass seine Freunde ihn nicht länger mit ihrer Anwesenheit belästigen wollten, sich empfahlen und auf ihre Salons verteilten. Dort ahmten sie den jungen Gelehrten nach, setzten ernste Mienen auf und riefen aus: »Oh, unser Marcel hat bemerkenswerte Dinge entdeckt!«

III

Die Gerüchte um das außergewöhnliche Material, welches in der Wüste Mesopotamiens ausgegraben worden war, Material, das der Geschichtsschreibung und sogar den Legenden der Bibel Brüche zuzufügen drohte, versprachen DAS Thema der interessierten Kreise von Paris zu werden, und dies noch vor einer tatsächlichen Veröffentlichung durch den heimgekehrten Gelehrten.

Jedoch ausgerechnet in dieser selben Nacht versetzte ein besonderer Vorfall Paris in Angst und Schrecken, und dieser Vorfall ging der Stadt viel näher als das entfernte Babylon.

Genau um drei Uhr in der Früh klingelten die Telefone Sturm, Ambulanzen wurden gerufen, und Ärzte rückten aus. Man sagte, Häuser seien eingestürzt – wieso und warum, war nicht klar – es habe Verletzte unter der Bevölkerung gegeben und es sei sogar die Order ergangen, den Präsidenten zu wecken. Jeder hatte etwas gehört, jeder hatte Angst, was aber passiert war, wusste im Detail niemand. In einer solchen Verfassung begrüßte Paris also den frühen Morgen.

Marcel Vautour, die Haare zerzaust und ohne Schlips, hastete aus seiner Wohnung und die Treppe hinunter. Im Eingang stieß er beinahe mit seiner Mutter zusammen.

Die ältere Dame, glücklich über die Rückkehr ihres verlorenen Sohnes und soeben extra aus Bordeaux angereist, blickte freudig einem angenehmen Wiedersehen mit ihm entgegen. Aber Marcel rief angesichts ihrer einladend ausgebreiteten Arme nur: »Gehen Sie weg! Gehen Sie weg! Können Sie nicht sehen, dass ich so leer bin wie ein Koffer, dem man die Geige entnommen hat?«

Mit den Händen herumfuchtelnd, rannte er hinaus auf die Straße. Die verwirrte Dame sank in ihrer Bestürzung auf einen Stuhl, die Arme nach ihrem anderen Sohn ausstreckend, einem Arzt, der hinter Marcel die Treppe herab gekommen war.

»Auguste, um Gottes willen … Ist er verrückt geworden?«, fragte die Mutter.

»Ich renne ja selbst hinter ihm her und verstehe überhaupt nichts«, antwortete Auguste, trat auf sie zu und küsste ihr die Hände. »Er hat mir gesagt, er leide an Gelbfieberattacken, aber in meiner ganzen Praxis habe ich noch nie erlebt, dass die Anfälle in solcher Form auftreten.«

»Vielleicht ist etwas mit seiner Sammlung?«

»Seine Sammlung ist unversehrt bei uns zu Hause. Wir haben bis drei Uhr heute früh gebraucht, sie zu ordnen.«

Mutter und Sohn saßen einander gegenüber und fuchtelten ratlos mit den Händen.

IV

Marcel Vautour lief die Straße hinunter und fand sich vielleicht zehn Minuten später am Ufer der Seine wieder. Dort hatte sich eine enorme Menge erstaunter und aufgebrachter Menschen versammelt. Der Eiffelturm, der hier an dieser Stelle gestanden hatte, war verschwunden. Verstört schauten die Leute sich um, der Turm aber blieb verschwunden, hatte sich buchstäblich in Luft aufgelöst.

Zwei Gentlemen mit Zylinder, umringt von dichten Reihen Neugieriger, erzählten schon zum zehnten Mal, was sie gesehen hatten. Die Gentlemen waren von jener Sorte junger Männer, die am Morgen zu Bett gehen und abends aufstehen und übersät sind von golden glänzenden Pickeln, weshalb sie als *jeunesse dorée* bezeichnet werden.

Um drei Uhr früh waren sie von Mariette zu Alexandrine gefahren und Zeugen eines magischen Spektakels geworden. Der Eiffelturm habe plötzlich zu zittern begonnen, sei auf- und abgesprungen, habe sich schließlich von seinen Fundamenten losgerissen und sei dann mit langen Schritten, jawohl, langen Schritten, auf allen vieren von der Seine wegmarschiert. Was hinterher geschehen war, hatten die Gentlemen nicht mehr gesehen, denn sie waren vor lauter Angst aus ihrem Fiaker gesprungen und hatten sich, ohne zurückzuschauen, aus dem Staub gemacht.

Kaum hatte Marcel Vautour ihre Geschichte gehört, boxte er sich durch die dicht gedrängte Menge hindurch und nahm die Richtung, die der wandernde Turm eingeschlagen hatte. Bald stieß er auf eine andere Menschenmenge, die sich um ein Gebäude geschart hatte, dessen Front eingerissen war und den Blick freigab auf Wohn-, Arbeits- und Schlafzimmer. In einem der Zimmer war noch der Tisch vom Abendessen gedeckt. Apfelsinen lagen über das Tischtuch und den Fußboden verstreut. Es hieß, dass es Verletzte gegeben habe, die mit dem Krankenwagen weggebracht worden seien. Augenscheinlich war der Turm recht ungeschickt umhergeschritten und hatte mit seinem Bein ein Stück der Fassade aufgerissen.

Marcel verweilte vielleicht eine Minute vor dem Gebäude, gerade genug, um Luft zu holen. Dann eilte er schleunigst weiter.

V

Um elf Uhr kamen die Extrablätter der Tageszeitungen heraus, die in buchstäblich fünf Minuten vergriffen waren. Berichten zufolge hatte der Turm Paris auf kürzestem Weg verlassen, immer bemüht, vorsichtig aufzutreten und keine Häuser zu zerstören. Seine eisernen Füße waren auf der Straßenmitte gelandet, auf leeren Boulevards und in Höfen, und hatten nur hier und dort mal ein Gebäude gestreift, meist wenn es sonst keinen freien Platz gab.

Es stimmte, in die Fassade des Hauses, vor dem Marcel Vautour gestanden hatte, musste der Turm seinen Fuß unvorsichtig gesetzt haben. Dieses Gebäude blickte auf einen Platz, der Turm hätte also über ausreichend Raum für seine Füße verfügen können. Aber man sollte nicht vergessen, dass dieses Missgeschick ihm zu Beginn seines Laufes passiert war, als er sich vermutlich überstürzt von seinem Unterbau gelöst hatte, und zwar ohne jemals zuvor gelaufen zu sein, ohne gelernt zu haben, seine vier Füße zu beherrschen, dass er das Gebäude also rein zufällig zerstörte, sozusagen aus Versehen.

In den Straßen, wo seine schweren Fersen aufgeschlagen waren, hatte es die Laternen umgebogen, die Bürgersteige waren eingesunken, in einer Straße sogar bis zu einer U-Bahn-Station hinunter. Hier konnte man auch einen angekohlten Fladen erkennen – die Überreste eines Autos, welchem das Unglück widerfahren war, unter den eisernen Fuß des Turms zu geraten.

Als der Turm die Stadt hinter sich gelassen hatte, war er schnurstracks gen Süden gezogen und mit solchem Tempo hinter dem Horizont verschwunden, dass es einem vorkam, als wäre er nur ein Trugbild gewesen. So erzählten jedenfalls die Leute aus der Umgebung von Paris.

VI

Als Marcel Vautour an den Fahrkartenschalter trat, durchzuckte ihn mit jähem Schrecken die Frage, ob er überhaupt genügend Geld bei sich habe. Er konnte sich nicht erinnern, die Brieftasche eingesteckt zu haben, als er am Morgen so hastig seine Wohnung verließ – er konnte sich an überhaupt nichts erinnern –, fand aber doch einige Goldmünzen, und sie reichten für eine Fahrkarte. Vautour bestieg einen Expresszug und ließ Paris hinter sich.

Zusammengekauert in eine Ecke, hockte er in seinem Abteil. Nur wenn er von Zeit zu Zeit mit sehnsuchtsvollen Augen aus dem Fenster starrte und versuchte, den Turm zu erspähen, wirkte er für einen Moment geistesgegenwärtig. Da er ihn aber nicht sah, versank er wieder in Gedanken, und sein Blick wurde leer. Offen standen seine Augen, jedoch ohne jeglichen Ausdruck. Auf dem Platz Marcel Vautours saß ein leerer Koffer, dem man die Geige entnommen hatte.

Am Nachmittag um fünf kam der Zug in Lyon an. Die Zeitungsjungen wedelten mit frisch gedruckten Sonderausgaben, riefen laut und eifrig das ungewöhnliche Ereignis aus. Vautour stieg aus dem Waggon und kaufte sich eine Zeitung.

Der Turm, so las er, war mit ungeheurer Geschwindigkeit durch ganz Frankreich gerast und sogar schon in Marseille gesehen worden. Er hatte einen schnurgeraden Weg genommen, hatte Flüsse überquert, Wälder durchbrochen, Städte und Dörfer indes hatte er umgangen.

Eine ganze Anzahl von Telegrammen und Telefonreportagen berichtete von der Panik, die die Einwohner jener Orte ergriffen hatte, in deren Nähe jenes Objekt vorübergelaufen war, welches vormals so ruhig in Paris gestanden.

Das interessanteste Telegramm allerdings war das letzte, aus Marseille: Der Turm hatte unweit der Stadt die Küste erreicht und war, mit den schweren Tritten seiner Füße eine gigantische Fontäne auslösend, in die Fluten gestiegen. Selbst nachdem er so weit gewatet war, dass seine Füße nicht mehr zu sehen waren, wurde seine Geschwindigkeit nicht etwa geringer – ganz im Gegenteil, sie schien sich noch zu erhöhen. Meerwasser, das in seinen Tiefen aufgewirbelt worden war, brodelte um den Turm herum. So ging es immer weiter, bis über dem Wasser nur noch der Kopf des Turms sichtbar blieb, seine oberste Aussichtsplattform. Die vor Staunen blöd gewordenen Küstenbewohner und die Matrosen auf den vorüberfahrenden Schiffen dachten, das eiserne Monster werde jeden Moment versinken. Jedoch hielt der Turm ganz plötzlich seine Bewegung an und blieb abrupt stehen. Es schien, als habe der Turm eine schwierige Aufgabe zu lösen – sollte er vorwärts gehen, wohin er von einer unsichtbaren Macht gezogen wurde, oder lieber aufgeben angesichts der unüberwindbaren Meerestiefe, die sogar seine eigene gigantische Größe übertraf?

Und der Turm gab auf. Langsam machte er kehrt und ging, weit ausschreitend mit seinen Füßen, klatschnass, zurück an Land. Die Menschenmenge, die sich gerade erst gebildet hatte, zerstreute sich augenblicklich, als klar wurde, dass der Turm zurückkehrte. Die Bewohner der bezaubernden Villen am Strand verließen diese fluchtartig in Automobilen und Kutschen und mitsamt ihren Diamanten und Wertgegenständen. Der Turm aber stand noch lange ohne sich zu rühren am Ufer, als könne er sein Vorhaben, das Meer zu durchqueren, nicht so einfach aufgeben. Der aufgebrachte Ameisenhaufen war längst auseinandergelaufen, als der Turm sich erneut rührte. Er machte ein paar langsame Schritte, um dann, die Füße vorsichtig zwischen die Villen setzend, in nordöstliche Richtung zu verschwinden.

Nachdem Marcel Vautour diese Nachricht zu Ende gelesen hatte, zerknüllte er die Zeitung und warf sie auf den Perron. *Genf* – las er auf einem langen Eisenbahnwaggon, der an einen anderen Zug angekoppelt war. Nicht Gedanken steuerten Marcels Taten, sondern magische Ströme. Er bestieg den langen Waggon und begab sich in die Schweiz.

VII

Niemand ahnte, wohin es diesen wandernden Turm zog und warum. Niemand wusste, was seinen leidenschaftlichen Lauf steuerte. Womöglich war da nur einer, Marcel Vautour nämlich, der die Route hätte erraten können, welche ins alte Babylon führte. Marcel Vautour aber war zur Zeit nichts als ein leerer Koffer, dem man die Geige entnommen hatte, und sein Handeln wurde eher von mystischen Klängen geleitet als von klaren Gedanken.

Inzwischen hatte der Turm, der in die blauen Wogen des Mittelmeers getreten war und deren Tiefe ausgelotet hatte, feststellen müssen, dass beim besten Willen keine Höhe genügen würde, diese Wasser zu durchwaten. Das Mittelmeer erstreckte sich als unüberwindbares Hindernis auf dem Weg nach Babylon. Es galt also, einen anderen Weg einzuschlagen, und der führte über das Festland. Aber auch das Festland offerierte dem Turm keinen direkten Weg nach Osten. Ein neues Hindernis erstreckte sich vor dem Turm, welches zu bewältigen er nun nicht hinunter-, sondern hinaufsteigen musste. Die Schweizer Alpen! Jene zu überqueren war nicht so leicht, wie über Frankreichs grüne Auen und Täler zu spazieren. Andererseits waren die Alpen auch nicht so unüberwindbar wie das Mittelmeer. Und so sahen die Schweizer Bürger den eisernen Turm die Berge hinaufklettern, über eisige Gipfel schlittern, in wilden Sprüngen über Schluchten und Gebirgsströme hechten und sich manchmal seinen Weg über Gletscher und durch Seen bahnen. Von Zeit zu Zeit hielt er an, so als müsse er sich im Labyrinth der Gebirgszüge und Seenlandschaften Orientierung verschaffen. Aber ansonsten schritt er zuversichtlich voran, einem Nordwestkurs folgend, hin zu den ebenen, gemütlichen Weiten Deutschlands.

VIII

Einer von Vautours Schweizer Freunden, der gerade aus seiner Villa gestürzt kam, lief Marcel geradezu in die Arme. Er hätte sich eigentlich sehr wundern müssen, den Gelehrten in dieser Gegend anzutreffen, erst recht, wenn er ihm in dessen strahlende, feuchte Augen geschaut hätte, aber der gute Freund war selbst viel zu verwirrt, um seine Umgebung wahrzunehmen.

»Fahren Sie weg!«, rief er aus, indem er seinen Wagen mit Frau, Kindern und Kisten belud. »Fahren Sie, so schnell Sie können! Er ist schon dort drüben! Er! Der Turm!«, und verschwand hinter einer Kurve, ohne Marcel einen Platz in seinem Wagen anzubieten, sondern an seiner statt nur mit einem weiteren Koffer davonzufahren.

»Danke«, sagte Vautour hinter ihm her, sich dorthin wendend, von wo er, seinem Freund zufolge, hätte fliehen sollen. Und in der Tat, ein Mann, der Angst vor Türmen hat, macht sich besser schleunigst davon, denn sobald Marcel den Berg erklommen hatte, tauchte der Turm auch sogleich vor ihm auf.

Eine große grüne Wiese erstreckte sich vor ihm, von Gipfeln fest umschlossen, und mitten darauf der Turm, der geradewegs auf ihn zukam. Aber welche Sinnestäuschung! Die Landschaft war so majestätisch, und die Berge waren so riesig, dass der Turm, bei dessen Anblick einem in Paris der Hut herunterfiel, hier bescheiden, klein und durchaus nicht furchterregend erschien. In Abwesenheit von Menschen und Bauten konnte man ihn für einen überdurchschnittlich großen Touristen halten.

Kaum hatte Vautour den Turm gesehen, stürzte er in Windeseile zu ihm hin, indem er von der Spitze des Berges ins Tal hinunterrollte, etwas Furchterregendes ausrief und mit den Händen fuchtelte. Am Rand einer tiefen Gebirgsspalte, die ihn von dem Turm trennte, hielt er inne. Er, der Turm, stand auf jener Seite, Marcel – auf dieser. Mit seinen Blicken verschlang er den Turm, und der Turm, so schien es, sah ihn an. Etwas Unfassbares musste geschehen. Und wahrscheinlich wäre es auch geschehen, wenn Vautour nicht unerwartet nach seiner Tasche gegriffen hätte. Wo ist mein Notizbuch?, dachte er ängstlich. Jenes Büchlein, in Schlangenhaut gebunden, in dem alle Fakten, alle Schlussfolgerungen, alle Resultate seiner fünfjährigen Forschungen festgehalten waren, dazu brillante Vermutungen und vornehmlich jene sagenhaften Erkenntnisse über den Turm zu Babel, die mit einem Schlag alle wissenschaftlichen Theorien und das Alte Testament widerlegten.

Marcel steckte die Hand in die Tasche und atmete freier: In der Tasche, unter seinen Fingern fühlte er die vertrauten Formen des weisen Buches und ertastete das gewohnte Leder. Marcel nahm das Buch heraus, sah es an und schob es erleichtert zurück.

Im gleichen Augenblick hob er den Blick zum Turm. Der Gedanke an ihn war nur für ein paar Sekunden unterbrochen gewesen. Aber die Geschwindigkeit des Turmes war hoch, und Marcel konnte nur noch sehen, wie er in ein Seitental abbog und aus seinem Blickfeld verschwand.

Der Turm bewegte sich zwischen den Bergen der nördlichen Schweiz dahin, lief durch Täler und kletterte über Berggrate. Dann, als ob er etwas entschieden hätte, wandte er sich nach rechts, nach Norden, entfaltete seine gewohnte höllische Geschwindigkeit und hechtete in einem Windzug über die Grenze nach Deutschland.

IX

Kaum hatten die Telegrafenämter gemeldet, dass der Turm im Norden der Schweiz aufgetaucht war, brach die Bevölkerung des Deutschen Reiches auch schon in Panik aus. In Berlin wurde augenblicklich ein Kriegsrat einberufen, der beschloss, dem Turm mit Artillerie entgegenzutreten. Der Oberbefehl wurde General von Magenschmerzen übertragen, dessen glänzender Ruhm auf einem imposanten Berg menschlicher Gebeine fußte.

Trotz der Geschwindigkeit, mit der die militärischen Autoritäten handelten, waren sie doch außerstande, ihre Kräfte auf alle möglichen Routen ihres sehr beweglichen Feindes zu konzentrieren.

Das Auftauchen des Turms geschah so blitzschnell, dass die braven Truppen überhaupt nicht dazu kamen, auch nur einen einzigen Schuss abzufeuern. Ihr Erfolg bestand lediglich darin, sich umzusehen und festzustellen, dass der Feind bereits hinter ihnen stand – und die Warnmeldungen flogen nur so gen Norden zum General, der sich hundert Kilometer vor der Grenze verschanzt hatte.

Der Turm mochte schnell sein, aber Elektrizität ist schneller, und so wusste von Magenschmerzen um die Ankunft des Turms eine volle halbe Stunde bevor dieser tatsächlich auftauchte.

Der General betrachtete die Karte, dann überschaute er mit erfahrenem Blick die Umgebung und kam zu dem Schluss, dass sich dem Turm aufgrund der Beschaffenheit der Landschaft keine Fluchtmöglichkeit bot. Auf seinen

Befehl hin versetzte sich die Artillerie in Gefechtsbereitschaft und beeilte sich so gut wie möglich mit der Tarnung. Der Turm war schon am Horizont zu sehen und kam direkt auf sie zugerast. Von der Kuppe des nächstgelegenen Hügels aus, unter dem Vordach eines Heuschobers stehend, observierte General von Magenschmerzen persönlich den Anmarsch des Ungeheuers. Das rannte so schnell, dass selbst sein geübtes Auge Schwierigkeiten hatte, die sich ständig verkürzende Entfernung einzuschätzen.

»FEUER!«, schrie von Magenschmerzen in den Telefonhörer, der ihn mit allen seinen Einheiten verband.

Der Turm rannte mitten in die Stellungen hinein, dass man meinen konnte, jeder erfahrene Artillerieschütze hätte ihn mit einer Haubitze ebenso leicht erwischen können wie mit der bloßen Hand. Eine ohrenbetäubende Salve erschütterte die Umgebung, und eine graue Rauchwolke verfinsterte alles.

Oh, dieser Qualm! Dieser endlose Augenblick, der die Salve vom Anblick ihrer Auswirkungen trennt! Es gab keinen Zweifel: Der Turm musste geborsten, verstümmelt, in Stücke zerschlagen sein. Undenkbar, dass der Turm, sollte er denn überlebt haben, wie beim ersten Hinterhalt über die Köpfe der Artilleristen hinweggestiegen war.

Aber ein Drittes geschah. Bevor der Rauch sich verflüchtigte, bevor das Echo der Salve verhallt war, ließ ein schrecklicher Pfeifton den General nach oben blicken. Der Turm war in spiralförmiger Bahn in die Luft gestiegen, als wollte er sich in den Himmel schrauben, hatte sich dann in die Horizontale gestreckt und war unter den Wolken dahin ins verglühende Abendrot der bereits untergegangenen Sonne verschwunden.

Die Männer der Artillerieeinheit reckten die Köpfe und verharrten still und schweigend.

»Sehen Sie?«, fragte General von Magenschmerzen seinen Adjutanten, der selbstverständlich alles gesehen hatte.

»Ich sehe, Eure Exzellenz«, erwiderte der äußerst disziplinierte Mann.

»Sehr gut, dann lassen Sie uns gehen und einen Bericht schreiben«, sagte der General, kroch unter seinem Heuschober hervor und machte sich auf den Weg ins Hauptquartier.

X

Zweifellos, des Turms unerwarteter Flug in die blauen, unendlichen Weiten war ein höchst ungewöhnliches Ereignis. Noch erstaunlicher aber war die Tatsache, dass dies alles nicht das Geringste mit des Generals von Magenschmerzen Feuersalve zu tun hatte. Die Salve war eins, der Flug ein Zweites, und der Zufall hatte beides zur selben Sekunde geschehen lassen. Der Genauigkeit halber sei erwähnt, dass der Turm sich einen Moment vor dem Schuss in die Lüfte erhoben hatte, in ebendem Augenblick, da der General seinen Befehl in den Hörer geschrien hatte, und kurz bevor der aus der Rohrmündung abgefeuerte Stahl somit unterhalb der Füße des aufsteigenden Turms ins Leere traf.

Aber da war noch ein drittes Ereignis, welches zur gleichen Zeit stattfand wie die anderen zwei: Marcel Vautour zog ein in Schlangenleder gebundenes Buch aus seiner Tasche, und mit den Worten »So seist du verflucht!« riss er es in Stücke.

Und genau in diesem Moment verließ seine Seele den Turm, den sie mit ihrer Anwesenheit zum Leben erweckt hatte. Dann rauschten die zwei, Marcel und der Turm, geradewegs nach Paris, jenem Ort zu, an dem die phantastische Flucht ihren Ausgang genommen hatte.

Deshalb also hatte der Turm sich so schnell in die Lüfte erhoben und westwärts in das verglühende Abendrot der untergehenden Sonne begeben.

Deshalb sah sich General von Magenschmerzen genötigt, sich die Peinlichkeit ob des fehlgeschlagenen Versuchs, den Turm mit seinen hervorragend ausgerüsteten Geschützen abzuschießen, nicht anmerken zu lassen.

XI

Spät in der Nacht, als sich Paris in dichten Nebel hüllte, der aus dem grauen London herübergeweht war, flog darüber hinweg der Eiffelturm. Seinen Hals nach vorn gereckt, die vier Beine nach hinten fest angelegt, schoss sein eisernes Gerippe mit pfeifendem Getöse durch die Luft. Als er sich dann über seiner angestammten Residenz sah, richtete er seine Nase auf, begab sich in senkrechte Haltung und ließ sich sanft auf seinen alten Sockel niedergleiten.

Ein Mann schritt die Treppe hinab, die in einem der Beine verborgen war, und trat hinaus auf den Platz. Es war Marcel Vautour. Er ging in Richtung Seine-Ufer und bog in eine Seitenstraße ein. In Marcels Weste befand sich der Schlüssel zu seiner Wohnung und dem Eingangstor. Niemand hörte ihn hinaufgehen und eine halbe Stunde später wieder herunterkommen. Auf seinem müden, zerknautschten Gesicht standen tiefe seelische Erschütterung und schwere körperliche Erschöpfung geschrieben, und seine Hände rochen nach Kerosin. Marcel stieg in einen Fiaker, ließ sich in ein Hotel fahren, nahm ein Zimmer und schlief wie ein Stein.

Er schlief so tief und fest, dass er das ganze Getöse, mit dem Paris die Rückkehr des Turms begrüßte, und die Begeisterung, mit der am Morgen die Nachricht verkündet wurde, einfach verschlief.

Die Nachrichtentelegramme aus der Schweiz waren im Wesentlichen schon überholt, die von General von Magenschmerzen hingegen befremdlich und völlig unverständlich. Aus Paris selbst war lediglich die Rückkehr des wandernden Turms bestätigt worden, aber die Einzelheiten darüber waren ebenso verschwommen wie der Nebel, der zur Stunde seiner Ankunft über der Stadt gelegen hatte. Im Folgenden jedoch stimmten alle Berichte überein: Als mit den ersten Sonnenstrahlen der neblige Vorhang sich gehoben hatte, wurden die Konturen des eisernen Skeletts sichtbar, wie immer an seinem angestammten Platz. Und trotz einer Menge ausführlichster Beschreibungen, eine umfasste ganze acht Seiten, erfuhren die Einwohner von Paris nie, woher ihr ungezogener Turm zurückgekehrt war.

Am Ende jenes achtseitigen Berichts fand eine andere Angelegenheit noch Erwähnung, die nichts mit dieser Sache zu tun hatte. Es wurde berichtet, dass in der fraglichen Nacht in der Wohnung des berühmten Assyriologen Vautour während dessen Abwesenheit ein Feuer ausgebrochen war, das seine gesamte mesopotamische Sammlung vernichtet hatte. Das Feuer kam so unerwartet und breitete sich mit solcher Wucht aus, dass der Bruder des Assyriologen es nur mit knapper Not aus der lichterloh brennenden Wohnung geschafft hatte.

Missverständnisse kommen vor

I

Es gilt, eine Eisenbahnstrecke zu bauen, aber alle Gedanken sind daheim bei der Frau. Das ist auch kein Wunder nach drei Monaten hier oben in den Bergen, zwischen einer unvollendeten Brücke und einem halbfertigen Tunnel, obwohl es nicht schaden würde, sich ein bisschen zu konzentrieren und eine saubere Aufstellung der Zusatzkosten für ein Bahnwärterhäuschen zu verfertigen, ebenjenes Häuschen, das ebenhier hingebaut werden muss.

Was wir machen, machen wir richtig war das Prinzip des Ingenieurs, der diese Strecke baute und, wie angedeutet, seine Frau schon drei Monate nicht mehr gesehen hatte.

Um die Wahrheit zu sagen, stimmt es nicht ganz, dass

er sie schon drei Monate nicht gesehen hatte. Erst vor kurzem hatte er sich eine dringende Angelegenheit einfallen lassen, die zu erledigen er dann in die Stadt gefahren war. Aber diese Reise zählt nicht, da sie erstens von kurzer Dauer war – zwei Tage – und zweitens der Ingenieur die ganze Zeit über Zahnweh hatte, wodurch sich die Reise nicht als Reise, sondern als weiß der Teufel was herausstellte. Und sowieso ist es *eine* Sache, eine anständige Eisenbahnstrecke zu bauen, und eine völlig andere, ein Mann zu sein – nicht gerade alt und frisch verheiratet.

Der Ingenieur war vierzig geworden. Er war ein nervöser, lebendiger, gescheiter und sturer Mann. Die erste der vier genannten Qualitäten hatte ihn, dank der anderen drei, nicht davon abgehalten, eine glänzende Karriere zu machen und trotz seines geringen Alters diese verantwortungsvolle Unternehmung zu leiten. Natürlich war die Bezeichnung *stur* mehr im guten Sinne zu verstehen als im schlechten. Soll heißen, wenn zum Beispiel ihm ein Berg den Weg versperrte, würde er ihn nicht etwa umgehen, sondern mitten hindurch einen Tunnel bohren, und wenn dieser Tunnel dann eine Million mehr kosten würde als eine Trasse drum herum, würde er sich auf die Hinterbeine stellen und darauf bestehen, dass die Million bewilligt wird. Aber dieser Starrsinn hatte auch eine Kehrseite.

So zum Beispiel, wenn man Zahnschmerzen hat, ergibt es keinen Sinn, seine Frau zu besuchen, er aber tat das. Und dieser Ausflug war dann eben alles andere als ein Ausflug, sondern, wie wir schon die Ehre hatten festzustellen, weiß der Teufel was.

Ein Bahnwärterhäuschen muss unbedingt für diesen Ort geplant werden. Und daran angefügt gehört eine Wetterstation. Am Anfang werden sie wieder wegen der Zusatzkosten nörgeln, letzten Endes aber dankbar sein. Und sich zur Konzentration auf dieses Projekt zu zwingen ist wiederum auch nicht so schwierig. Natürlich ist da immer noch seine Frau, aber Gott sei Dank ist er kein kleiner Junge mehr und kann sich zusammenreißen. Aber da gibt es einen weiteren Umstand, nämlich ein hellblaues Briefcouvert, das geöffnet auf dem Tisch liegt. Von ebendieser seiner Frau. Und darin heißt es, dass sie sich entschieden hat, die beschwerliche Reise über die Bergstraßen (besser, die nicht vorhandenen Bergstraßen) bewältigen zu wollen, dass sie morgen plane anzukommen, um drei Tage mit ihm zu verbringen, da sich Monsieur Kakadu erboten habe, ihr auf dieser furchtbaren Reise zu Diensten zu sein, ihr Gesellschaft zu leisten und beizustehen.

Nun ist eine solche Nachricht durchaus angetan, im Geiste wie im Herzen ein ganzes Geflecht irritierendster Eindrücke zu gebären. Zunächst, was will Monsieur Kakadu hier, was hat er bei dieser Angelegenheit zu suchen? Bis jetzt war Kakadu, als einer der untergeordneten Ingenieure dieser Baustelle, für die abschließenden Arbeiten am Tunnel zuständig, das heißt die Konstruktion zu polieren und die Baustelle schließlich aufzuräumen. Vor einer Woche hat er sich freistellen lassen, und nun kehrt er zurück, begleitet von der Ehefrau seines Vorgesetzten. Man muss wissen, was für einer dieser Kakadu ist. Zum Ersten ist er Belgier. Alle Belgier und Franzosen sind exzellente Ingenieure, wenn nicht noch bessere Verehrer von anderer Männer Ehefrauen. Zweitens braucht man ihn nur anzusehen: fesch, dunkel, schmachtender Blick, einen *pince-nez** pikant auf seiner Nase platziert, pikant seine Krawatte mit einer Nadel gesteckt, man kann kaum hinsehen, und wenn der sture Ingenieur einen solchen Untergebenen dennoch duldete, dann nur deshalb, weil er ein geschäftstüchtiger und kenntnisreicher Bursche war. Und nun beginnt dieser geschäftstüchtige Bursche, seine Geschäftstüchtigkeit auch auf anderen Gebieten zu entfalten: Sieh mal einer an – er ist besorgt um die sichere Ankunft der Ehefrau seines Vorgesetzten! Und zu allem Überfluss schleppt er sie über die Wolken, über einen äußerst gebirgigen Pass, wo es keinerlei Straßen gibt. Schleppt sie ans Ende der Welt.

Arbeiter und auch Ingenieure leben hier in eilig zusammengenagelten Baracken, es gibt keine Siedlungen in der Nähe, und selbst die Post wird nur drei Mal die Woche geliefert, von einem alten Postboten, der auf einem Esel reitet. Wenn der neue Tunnel erst eröffnet ist, wird alles viel schneller und einfacher sein. Im Moment allerdings bereitet es noch einige Unannehmlichkeiten, den Berg zu überqueren. Und wie oft auch immer der Ingenieur seiner Frau bedeutet hatte, ganz gewiss werde sie eines Tages kommen und ihn besuchen können, hatte diese Frau stets erwidert: »Mein Schatz, an Herzversagen würde ich sterben, sollte ich solch steile Hänge hinaufklettern müssen!«

---

* Nasenkneifer, Prokofjev verwendet das französische Wort.

Und dann auf einmal gab es dank Monsieur Kakadus charmanter Assistenz weder Herzversagen noch steile Hänge, sondern es hieß schlicht und ergreifend: »Komme morgen für drei Tage.« Entweder hatte der pikante *pince-nez*[*] hier eine Rolle gespielt (und wer weiß, was ebenso Pikantes noch), oder... sie vermisste ihren Gatten wirklich sehr.

Der Ingenieur riss sich zusammen, bedachte, dass er seiner Frau wahrscheinlich Unrecht tat; selbst wenn Kakadu hier den Schuft geben sollte, hatte sich seine Frau in den drei Jahren ihrer Ehe mustergültig verhalten. Sie entstammte einer patriarchalischen, sehr sittlichen Familie, und so hatte sie eben ihren Mann vermisst und kurzerhand ihre Furcht überwunden, insbesondere als Kakadu ihr, um des Vergnügens willen, mit einer schönen Frau zu reisen, die Straße als Tischdecke geschildert hatte.

Alles in allem war er selbst, ihr Ehegatte, kein übler Mann, und seine Frau verfügte über ausreichend guten Geschmack, um so einem pikanten Steckschlips-Gesellen nicht mehr Beachtung zu schenken als jedem anderen.

Der Ingenieur trat in sein Zimmer, und dort ging es ihm schon besser. Obwohl die Baracke eher ein Verschlag war, hatte der Ingenieur sein Zimmer mit Teppichen behängt, in die Mitte einen großen Ledersessel platziert – breit und bequem, als sei er für zwei gedacht (für ihn und seine Frau beispielsweise). Und alles in allem war es doch eine ganz reizende Aussicht, dass sie für drei, vier Tage kommen würde. Der Ingenieur rieb sich die Hände, und nachdem er einige Berechnungen bezüglich des Häuschens und der Wetterstation angestellt hatte, legte er sich schlafen.

II

Am nächsten Tag gegen Mittag erschien Lili, eingehüllt in einen langen blauen Schal, und neben ihr stand Kakadu, der hohe gelbe Stiefel trug und eine besonders pikante eckige Krawattennadel. Lili war furchtbar süß, und nicht ohne Zärtlichkeit tauschte der Ingenieur Küsse mit ihr. Sogar Monsieur Kakadu gab er aufrichtig die Hand, dankbar für solch ein liebenswürdiges Geschenk. Aber ein Blick auf dessen gesträubten Schnurrbart genügte, um restlos zu begreifen, dass diese Ausgeburt von Kanaille alle Mühe nur auf sich genommen hatte, um sich bei seinem Vorgesetzten einzuschmeicheln und einen hübschen Rock hofieren zu können.

Kakadu machte einen Kratzfuß, küsste Madames Hand und verfügte sich in seinen Tunnel, um zu sehen, ob dort alles in Ordnung war. Der Ingenieur nahm seine Frau bei der Hand, führte sie in sein teppichbehangenes Zimmer, frühstückte mit ihr *tête-à-tête*, geleitete sie dann über die neue Brücke, zeigte ihr, wo das Bahnwärterhäuschen und die Wetterstation gebaut werden sollten – überdies gestattete er sich, diesen Tag nicht mit Arbeit zu verderben, und verbrachte ihn so angenehm, dass er das Hereinbrechen der Nacht gar nicht bemerkte.

Wir wollen natürlich nicht indiskret sein – denn was

könnte indiskreter sein, als seine Nase in das Eheleben anderer zu stecken –, erlauben uns aber anzunehmen, dass, auch nachdem wir unseren Ingenieur samt seiner Lili zur Nacht verlassen hatten, diese ihre Zeit nicht weniger angenehm verbracht haben als am Tage, sondern eher noch mehr. Tatsache war, dass Kakadu im Hintergrund verschwand und der Ingenieur endlich zu der Überzeugung gelangte, dass alle Verdächtigungen gegenüber seiner süßen Lili nichts als unwürdige, falsche Beschuldigungen waren.

Umso unangenehmer, als es um vier Uhr an der Tür klopfte und er dringend gebeten wurde zu kommen. Der Ingenieur fluchte, warf sich den Mantel über und streckte die Nase zur Tür hinaus. Draußen war es weder hell noch dunkel, die Dämmerung war kaum hereingebrochen, dabei war es drinnen doch so schön und warm! Es zeigte sich, dass eines der Flüsschen, deren Verlauf man noch vor einigen Tagen mittels eines Dammes verändert und durch ein Rohr unterhalb des Bahndammes hindurchgeleitet hatte, den Damm durchbrochen hatte und nun drohte, Ärger zu machen.

Der Ingenieur mochte seine Lili noch so lieben, aber er war ein Mann der Tat, und so zog er sich sofort an, küsste ihre süße Stirn und ging hinaus. Kakadu und die anderen Ingenieure waren schon auf den Beinen und zusammen mit den Arbeitern auf dem Weg zum Ort des Geschehens.

Das Ende der Nacht, der Morgen – alles war auf diese Weise verdorben. Das armselige Bächlein zeigte sich von seiner turbulenten und unberechenbaren Seite, und es dauerte ganze acht Stunden, alles wieder in Ordnung zu bringen. Erst gegen Mittag kamen der Ingenieur und einige Arbeiter zurück, Kakadu aber verblieb vor Ort, um zu verhüten, dass dergleichen erneut passierte.

Lili war gerade erst erwacht und hatte Hunger. Der Ingenieur veranlasste, dass das Frühstück serviert wurde, aß mit ihr, wieder *tête-à-tête*, und nach dem Frühstück machten sie es sich auf einem Teppich bequem, rauchten parfümierte Zigaretten und träumten davon, wie schön es sein wird, wenn erst die Bauarbeiten beendet sind und sie sich eine kleine Villa bei Monte Carlo kaufen und was für reizenden Glyzinien sie dort anpflanzen werden.

Dann brachte man dem Ingenieur die Lohnabrechnungen für seine Arbeiter, woraufhin er von der angenehmen Plauderei ablassen musste und sich stattdessen mit Geschäftlichem befassen. Lili, die noch keinen Fuß vor die Tür gesetzt hatte, ging hinaus, um frische Luft zu schnappen, während der Ingenieur sich in seinen Armsessel setzte und Papiere durchzublättern begann.

Er war todmüde. Da er mitten aus der Nacht gerissen worden war und acht Stunden auf dem Damm gearbeitet hatte, war dies nicht verwunderlich. Und wenn man bedenkt, dass er während der ersten Hälfte der Nacht, in Lilis Beisein, auch nicht nur friedlich geschlafen hatte, erklärt sich, dass er die Arbeit eher auf den Papieren liegend begann denn sie lesend. Dann aber riss er sich zusammen, rüttelte sich auf, zog die Augenbrauen hoch und begab sich, alle Schläfrigkeit abwerfend, in die vertrauten Gefilde komplizierter Zahlen.

III

Plötzlich durchblitzte ihn ein bestimmter Gedanke. Seine Frau war spazieren gegangen, und irgendwo da am Damm war auch Kakadu. Vielleicht hatten sie sich getroffen und küssten sich jetzt. So bildhaft hatte der Ingenieur sich diese Szene vorgestellt, dass er, ohne zu wissen, wie, im gleichen Augenblick zur Tür hinaus war und zwischen den Baracken hindurch auf dem Weg zur Brücke. Ihm war nicht einmal bewusst, dass sich die Brücke an einer ganz anderen Stelle des Damms befand als der derzeitige Arbeitsplatz von Kakadu. Aber der Instinkt trog nicht, weil er nie trügt, und als er den Fluss erreichte, sah er am Fuß der Böschung unter dem Schutz eines neu errichteten Granitpfeilers Lili auf einem Stein sitzen, und auf ihren Knien – kann man sich etwas Schamloseres denken? –, auf ihren Knien Kakadu, der sie, beide Arme um ihren Hals geschlungen, ausgiebig auf die Lippen küsste! Der Ingenieur erlitt heftige Zuckungen. Beinahe wäre er schnurstracks auf das verachtungswürdige Paar losgegangen, doch dann machte ihn die schamlose Pose seiner Ehefrau derart verlegen, dass er zurücktaumelte, zurück zu den Baracken, und sich durch die Tür in sein Zimmer schlich, wo er unbeholfen in den großen Armsessel sank, sich mit den Händen durch die Haare fuhr und regungslos sitzen blieb.

Ihr betrogenen Ehemänner, die ihr meine Geschichte lest, ihr wisst, was der Ingenieur in dieser Minute durchlebte. Ihr Ehemänner, die ihr noch nicht betrogen wurdet oder nur noch nicht wisst, dass ihr betrogen wurdet, ihr könnt euch zumindest vorstellen, was er durchmachte. Alle Übrigen sollen einfach glauben, dass der Ingenieur sich unwohl fühlte. Ach, und wie schlecht ihm war.

Vor zwölf Stunden erst hatte sie ihn umarmt, sich an ihn geschmiegt, ihm Worte zugeflüstert, die bei Tageslicht zu wiederholen sie nicht gewagt hätte, jetzt aber... auf dem Schoß, auf ihrem Schoß sitzt... Oh verflucht!

Und Gedanken, schwer und kantig wie Pflastersteine, begannen, sich im Kopf des Ingenieurs herumzuwälzen.

Die Abschlussberichte lagen um seinen Sessel verstreut – aber was soll das jetzt mit den Berichten, wenn er sich über die gegenwärtige Situation nicht schlüssig werden kann. Lange, aber vielleicht doch nicht so lange, das wusste er nicht genau, saß der Ingenieur und starrte auf einen Punkt. Da dieser Punkt aber zufällig das Fenster war und vor dem Fenster zufällig ein blauer Schal heranwehte, sprang er auf, sammelte die Papiere ein und trat hinaus. An die Tür gelehnt wartete er auf die Ankunft seiner Frau. Lili, schlank und ganz in Rosa, schritt mit einem elegant über die Schulter geworfenen Schal daher, der sie unterwegs vor Wind und Sonne schützte. Und während er auf diese scheinbare Unschuld blickte, die so viel Böses barg, knirschte der Ingenieur: »Welche Niedertracht, welcher Abgrund!«

Im Vergleich zu dieser kleinmütigen, abscheulichen Frau empfand er sich selbst als Gentleman bis ins Mark. Dieses Empfinden war so stark, dass es den beiden und uns eine heftige Szene ersparen wird.

Als Lili auf ihn zuging und ihm die Hand hinstreckte, fand er die Selbstbeherrschung, ihre Hand anzunehmen und höflich zu küssen. Als Lili sich aber umgesehen und bemerkt hatte, dass niemand anderes da war, wollte sie ihn küssen, er aber wich zurück und bedeutete ihr einzutreten. Lili lachte, und während sie ins Zimmer trat, sagte sie: »Was ist, schmecken Ihnen meine Küsse nicht?«, und legte ihre Hände auf seine Schultern.

Der Ingenieur nahm ihre Hände schweigend herunter und trat zur Seite. Lili sah ihn verwundert an und fragte beleidigt: »Was ist los, sind Sie nicht gut gelaunt?« Der Ingenieur antwortete mit feiner Ironie: »In der Tat, ich bin nicht besonders gut gelaunt«, und drehte sich zum Fenster. Lili warf den Schal ab, legte den Schirm hin und nachdem sie ein paarmal das Zimmer durchquert hatte, trat sie von hinten an ihn heran. »Haben Sie vielleicht Schwierigkeiten mit dem Bau?«, fragte sie ihn sanft, indem sie die Arme um seinen Hals legte. Ohne sich umzudrehen, sagte der Ingenieur über die Schulter: »Nein. Aber leider habe ich sehr viel zu tun.« Das war schon recht unhöflich. Lili ging in die gegenüberliegende Ecke des Zimmers und sagte schnippisch: »Ich habe nicht erwartet, dass meine Anwesenheit Sie so stören würde! Ganz und gar nicht habe ich das erwartet!« Sie rechnete mit Widerspruch, aber der Ingenieur schwieg. Das ging zu weit. Man darf nicht vergessen, dass ihre Vorfahren vor zweihundert Jahren bei Hofe nicht gerade unbedeutend waren und widerspenstiger Stolz eine der ureigensten Eigenschaften ihres Geschlechts war. Lili schoss die Röte ins Gesicht, und sie sagte: »Es tut mir sehr leid, dass ich Sie durch meine Ankunft von Ihren unmittelbaren Pflichten abhalte. Aber gleich werde ich fahren und Sie nicht weiter belästigen.« Mit diesen Worten öffnete sie ihren Handkoffer und begann, ihre Bürsten und Fläschchen einzupacken. Der Ingenieur bemerkte: »In diesem Fall schicke ich nach Monsieur Kakadu. Gern wird er die Mühe auf sich nehmen, Sie in die Stadt zu begleiten.« Nicht ohne Lebhaftigkeit antwortete die Ehefrau: »Kakadu ist ein aufdringliches und nervtötendes Subjekt. Ich habe hier einen Postboten gesehen, der jetzt in die Stadt zurückkehrt und mich besser abliefern wird als sonst jemand.« Als sie das gesagt hatte, klappte sie das fertig gepackte Köfferchen zu und fing an, ihren Hut zu richten. Der Ingenieur kehrte ihr weiterhin den Rücken zu und blickte aus dem Fenster.

Lili war fertig und wollte gehen, aber ihre Bindung an ihn siegte über ihren Stolz, also ging sie zu ihrem Mann und fragte ernst: »Pavel! Was ist denn los? Ich verstehe dich nicht.« Aber der Ingenieur küsste ihre Hand, sagte: »Auf Wiedersehen«, und hielt ihr die Tür auf. Lili nahm ihr Köfferchen und ging hinaus. Zehn Minuten später sah der Ingenieur durch sein Fenster sie zusammen mit dem Postboten und dessen Esel den Berg hinabsteigen, und mitten im Grünen wehte ihr blauer Schal.

Dann erschien Kakadu und berichtete, dass auf dem

Damm alles in Ordnung sei und er jetzt zur Arbeit in den Tunnel müsse. Der Ingenieur bedankte sich bei ihm trocken und korrekt, breitete seine Papiere aus und versuchte sich in deren berechenbares Wesen zu versenken.

IV

Am nächsten Tag war das Herz des Ingenieurs so leer wie die Wüste Gobi. Alles, womit es in den letzten Tagen angefüllt gewesen war, hatte man ihm samt der Wurzeln entrissen, und anstelle blühender Zärtlichkeit trieb trockener, farbloser Sand. Selbst die Arbeit war ihm widerlich und ohne Geschmack. Der Bau hatte so schnell wie möglich beendet oder zur Not jemand anderem anvertraut zu werden, zum Glück war ja der größte Teil getan, und er selbst musste hier nichts wie weg. Dieser Kakadu mit seinen korrekten Berichten und diese Brücke mit ihren granitenen Pfeilern – diese beiden anzusehen hieße, die Klinge in der Wunde belassen, die sie geschlagen hatte.

Über solchen Gedanken verging der Tag, begann der folgende. Der Ingenieur verachtete seine Frau zutiefst – eine prinzipienlose Frau, die sich diesen niederträchtigen Träger von Krawattennadeln auf ihre Knie gesetzt hatte – und dachte, dass einzig sein unendlicher Edelmut die beiden vor den wohlverdienten Konsequenzen bewahrt hatte.

Parallel zu den Gedanken über seinen Edelmut, oder

besser gesagt, rechtwinklig zu ihnen, kamen ihm Ideen wie: Warten Sie nur, Lili. Wenn ich mit der Arbeit fertig bin, gehe ich fort auf die Prinzeninseln und kaufe mir dort einen Harem, und dann werden wir ja sehen. Sie versetzen mir eins, ich vergelte es Ihnen fünffach. Fünf für einen, das ist mein Stil. Nur die orientalische Frau kann wahrhaft lieben, dort ist reine Treue, sehnsuchtsvolle Glut, nicht bei euch europäischen Krüppeln mit Nieten, wo das Herz hingehört. Ein kleiner Harem von Fünfen. Und nicht eine älter als fünfzehn. Und eine Villa mit Marmortreppe direkt ins Marmarameer.

Der Ingenieur trat hinaus und sah den alten Briefträger auf seinem Esel; beide brachten Post. Vom Marmarameer kehrten seine Gedanken rasch aufs Festland zurück: Vor genau zwei Tagen hatte der Postbote Lili in die Stadt gebracht, und man konnte ihm ein paar Fragen stellen. Sich zu erkundigen, ob seine Frau daheim angekommen war, erforderte gewissermaßen der Anstand.

»Gibt es Post, Alter?«, fragte der Ingenieur.

»Nichts dabei für Sie, Herr Ingenieur«, erwiderte der Alte und gab vor, sehr betrübt darüber zu sein.

»Wie schade!«, sagte der Ingenieur heiter. »Jedenfalls haben Sie meine Frau sicher zurückgebracht?«

»In bester Verfassung, Herr Ingenieur.«

»Vielen Dank«, und in dem Versuch, den heiteren Ton aufrechtzuerhalten, warf er eine Frage ein, als sei sie ohne Bedeutung. »So ist Ihre Tasche heute recht leicht? Sie haben niemanden mit einem Brief erfreut?«

»Fast niemanden, es sind nur zwei Briefe«, antwortete

der Briefträger, der daran gewöhnt war, überschwänglich empfangen zu werden und mit den Leuten zu plaudern.

»Ist einer für Kakadu dabei?«, konnte der Ingenieur sich nicht zu fragen verkneifen (das war ausgesprochen dämlich).

»Nein, auch nichts dabei für Herrn Kakadu.«

Es blitzte durch des Ingenieurs Schädel: Oh, der lügt, der alte Fuchs. Natürlich hat die Ehefrau dem Kakadu geschrieben und ihm von der Szene mit ihrem Ehemann berichtet. Und natürlich hat sie den Brief nicht aufgegeben, sondern den Briefträger persönlich beauftragt, ihn geheim zuzustellen. Und nun macht dieser alte Tattergreis als Gegenleistung für eine Goldmünze auf Unschuld vom Lande, während er selbst genötigt ist, den gehörnten Ehemann und Dummkopf zu geben. Voller Entrüstung machte der Ingenieur auf dem Absatz kehrt und strebte schon den Baracken zu, aber da verspürte er eine Lust, den Briefträger zu entlarven.

»Und warum, guter Mann, haben Sie mir das letzte Mal meine Zeitungen nicht gebracht?«, fragte er streng, in der Erinnerung, dass es tatsächlich keine Zeitungen gegeben hatte.

»Da waren Zeitungen, und ich habe sie Ihnen gebracht.«

Der Ingenieur hatte keinen Widerspruch erwartet, und so stieß ihm die Galle auf. »Ich nehme an, Sie wollen mir jetzt erzählen, Sie hätten sie mir direkt in die Hand geliefert?«, fragte er scharf.

Der alte Mann fuhr sich, von diesem Ton überrascht,

mit der Hand über den Bart, und dann, als wäre ihm etwas eingefallen, lächelte er.

»Haben Sie die Zeitungen nicht gesehen, Herr Ingenieur? Ich habe sie Ihnen auf den Schreibtisch gelegt. Seien Sie nicht böse, Herr Ingenieur, aber Sie haben geschlafen, und ich wollte Sie nicht wecken.«

Hier jagt ja eine Lüge die nächste. So dachte der Ingenieur.

»Wollen Sie etwa in der Nacht zu mir gekommen sein? Ich bin ein vielbeschäftigter Mann und kann es mir nicht leisten, am Tag zu schlafen.«

Dem Briefträger war es sehr unangenehm, dass die Situation sich plötzlich zu einem Konflikt zugespitzt hatte. Zu sehr war er an ein freundliches Lächeln und ein paar Silbermünzen im Austausch für die netten Briefe gewöhnt, und im vorliegenden Fall war es nur allzu klar, dass sich der Unmut des Ingenieurs auf ein Missverständnis gründen musste.

Der alte Mann sagte versöhnlich: »Herr Ingenieur, es gibt keinen Grund, verärgert zu sein. Ich weiß, dass Sie sehr viel arbeiten müssen, so ist es doch nur richtig, wenn Sie am Mittag ein kleines Schläfchen halten. Aber ich schwöre bei Gott, als ich in Ihre Stube kam, schliefen Sie tief und fest in Ihrem Sessel. Um Sie nicht zu wecken, habe ich die Zeitungen auf Ihren Tisch gelegt. Vermutlich liegen sie da noch.«

»Wenn das so ist«, sagte der Ingenieur überheblich, »wollen Sie dann bitte so gut sein und mir in meine Baracke folgen?«

Er ging voraus, der Briefträger ihm nach.

Und tatsächlich, auf einer Seite des Schreibtisches lagen zwei frische Zeitungen. Aufgrund seiner ehelichen Zwietracht war der Ingenieur so geistesabwesend gewesen, dass er den Schreibtisch nicht einmal angerührt hatte.

»Und Sie sind sicher, als Sie die Zeitungen brachten, habe ich in dem Sessel geschlafen?«

»In genau diesem«, sagte der Briefträger, und bei der Erinnerung an jene Szene überkam ihn ein leichtes Schmunzeln. »Sie hatten einen schlechten Traum«, sagte er. »Sie waren sehr verärgert und sagten sogar einmal ›Schuft‹. Und Ihre Papiere waren um den ganzen Sessel verstreut.«

Der Ingenieur war sprachlos. Es sah so aus, als habe er die Untreue seiner Frau offensichtlich nur geträumt. Erschöpft nach der Arbeit am Damm, war er über den Abrechnungen eingeschlafen, und seine Eifersucht hatte ihn zu diesem trügerischen Traum angestachelt.

»Und Sie haben wirklich gehört, wie ich im Traum ›Schuft‹ gesagt habe?«, dem Ingenieur versagte die Stimme.

»Allerdings. Und dann haben Sie Ihre Beine ausgestreckt und gesagt: ›Oh, du niederträchtiges Weib.‹«

»Und all das im Schlaf?«

»Ja, mein Herr.«

»Und Sie haben dabeigestanden und sich an dem Schauspiel ergötzt?«

Der Briefträger wurde verlegen. »Ich bin sofort gegangen«, sagte er.

Der Ingenieur tobte vor Entrüstung. Er schien sich in

eine mit Blitz und Donner gespickte Wolke zu verwandeln. »Wissen Sie, was Sie sind? Sie sind ein Simulant und ein Heuchler!«, schrie er. »Ein Simulant und ein widerwärtiger Heuchler!«

Der alte Mann wich ungläubig zurück.

»Ich?«, flüsterte er, ohne die Worte zu verstehen, die ihm entgegengeschleudert wurden, aber er spürte, dass sie etwas sehr Beleidigendes bedeuteten. »Ich ein Simu… und Heuch…, Heuch…«

»…ler, …ler, …ler«, schrie der Ingenieur. Er war außer sich. Er hatte zu fest auf den Edelmut seines eigenen Charakters und die Untreue dieser schlechten Frau gebaut, um fassen zu können, dass in dieser Geschichte er als Einziger Schuld trug.

Der Briefträger hob beide Hände, verließ die Baracke und ließ den Ingenieur zurück, allein mit seiner Wut und seinem trügerischen Traum.

Als der Uhrmacher tot war

Als der Uhrmacher tot war, wunderte er sich sehr. Als er nämlich den Posaunenklang hörte und bemerkte, dass er aufwachte, gerade als würde er nach einer tiefen Ohnmacht durch einen milchigen Nebel oder vielleicht auch durch eine Wolke wieder zu sich kommen, vernahm der Uhrmacher eine Stimme, die sagte: »Dann wollen wir mal richten, wohin mit dem, ins Paradies oder in die Hölle?«

Der Uhrmacher dachte: Das ist ja mal was, dann gibt es also das Paradies und die Hölle tatsächlich, während ich dachte, die Würmer fressen einen, und das war's.

Er rieb sich die Augen und sah, dass er tatsächlich vor einer Wolke stand, und auf der Wolke thronte ein Greis mit weißem Bart, Apostel Paulus.

»Haste gesündigt?«

»Hab ich«, antwortete der Uhrmacher.

»Vielleicht haste auch jemanden umgebracht?«

»Hab ich«, sagte der Uhrmacher. Apostel Paulus machte ein finsteres Gesicht.

»Gestohlen haste auch?«, fragte er.

»Ein Mal.«

»Und haste fremde Frauen begehrt?«

»Und ob.«

»Vater und Mutter geehrt?«

Der Uhrmacher versuchte sich zu erinnern und sagte:

»Nein, ich war als Kind eher gemein.«

»Und haste den Namen Gottes, deines Herrn, missbraucht?«

»Wozu es leugnen, geflucht hab ich auch.«

Der Apostel wedelte mit den Händen: »Mein Lieber, was soll ich lange mit dir diskutieren, ab nach links.«

Der Uhrmacher erinnerte sich dunkel an die Heilige Schrift, und er rief aus: »Aber entschuldigen Sie, es steht doch geschrieben, dass der Herr selbst über die Lebenden und die Toten richten wird!«

»Der Herr hat keine Zeit, sich mit solchen Nichtigkeiten wie dir zu beschäftigen«, antwortete Apostel Paulus und schickte ihn in die Hölle. Dort wurde er recht unfreundlich von zwei Teufelchen empfangen und geradewegs in die Sauna gebracht. Eine Hitze war da, dass ihm die Augen aus den Höhlen traten – und überall Kessel mit kochendem Wasser.

»Und plumps!«, kreischten die Teufelchen und warfen ihn geradewegs in einen der Kessel.

Pfui Teufel, dachte der Uhrmacher und ließ ein paar

Luftblasen steigen. Das Wasser war so heiß, dass es ihm kalt den Rücken hinunterlief. Aber Spaß beiseite, es war so fürchterlich heiß, dass er sich wie eine Schlange in dem Kessel wand. Gut, dass ich diesen Deppen erstochen habe, zumindest wird Hetropius in Ruhe sein Leben genießen und nicht hierhergeraten, konnte der Uhrmacher noch denken und zog eine Schicht blasiger Haut von seiner Schulter.

»Wie viel Grad?«, kreischte das eine Teufelchen.

»Fünfundsiebzig nach Celsius!«, brüllte das andere zurück.

»Schraub mal bis neunzig hoch, der murmelt ja immer noch.«

Es wurde heißer.

»Au-au-au-au!«, schrie der Uhrmacher, sich vor Schmerz krümmend, und dachte im gleichen Moment: Wie gut, dass ich es bin, der hierhergeraten ist, und nicht Hetropius! Er ist ein zarter Junge, und es würde ihm ziemlich übel ergehen in dieser verdammten Brühe!

So dachte er und musste trotz seiner Schmerzen schmunzeln.

Zur selben Zeit ging ein sehr wichtiger Teufel, riesengroß, zottelig und mit Orden übersät, an dem Kessel vorbei. Er stand beim Satan als Inspektor in Lohn und Brot und kam, um sich die Abteilung anzuschauen.

»Was lächelt diese Fratze denn da?«, zeigte er mit dem Finger auf den Uhrmacher.

»Der denkt an die irdische Welt zurück«, sagte das Teufelchen ausweichend.

»Welche Temperatur?«

»Neunzig nach Celsius.«

»Zu wenig! Ins Harz mit ihm!«, befahl der zottelige Teufel und ging weiter.

Man packte den Uhrmacher am Haarschopf und schleppte ihn in die andere Abteilung. Ein übler Gestank erfüllte den Raum, und in den Kesseln blubberte das Harz.

»Und plumps!«, kreischten die Teufelchen und steckten ihn in den Kessel. Alles wurde noch schlimmer. Es tat so weh, als bestünde sein ganzer Körper aus faulen Zähnen, in die mit Nadeln gestochen wurde. Die Augen traten dem Uhrmacher aus den Höhlen, und er jammerte nicht mehr, sondern röchelte nur noch.

Und Hetropius liegt jetzt wohl unter einem Apfelbaum und lauscht dem Zwitschern der Spatzen, dachte er. Er wollte lächeln, bekam aber nur ein Zähnefletschen zustande.

In diesem Moment hatte der wichtige Teufel die Inspektion der Wasserabteilung beendet und war zurückgekehrt. »Diese Fratze fletscht schon wieder die Zähne!«, sagte er und zeigte auf den Uhrmacher.

»Er denkt an einen guten Freund«, sagte das Teufelchen ausweichend.

»Was für ein Unfug«, wunderte sich der Teufel, »so einen Trottel sehe ich zum ersten Mal«, und ging seiner Wege.

Nach einer halben Stunde rief man den Uhrmacher zum Satan persönlich. Die beiden Teufelchen packten ihn also am Schopf und brachten ihn zu ihrem Gebieter.

»Ich sehe, du bist ein ziemlich zäher Bursche, wenn du selbst im Harzkessel noch lächeln kannst«, sagte der Satan. »Solche Leute brauchen wir. Ich befreie dich von der Pflicht zu brühen und befördere dich in den Rang eines ordentlichen Teufels.«

Kurz betrachtete der Uhrmacher die beiden Teufelchen, die ihn hierhergebracht hatten, und dachte, ob ihm wohl dann auch ein Schwanz wachsen würde. Der Satan aber hatte seine Gedanken bereits gelesen.

»Keine Angst, du bekommst sofort den Rang eines Inspektors, keine Schwänze also, stattdessen eine hübsche Dienstreise.«

»Eine Dienstreise?«, fragte der Uhrmacher.

»Ja, eine Dienstreise, und zudem noch auf die Erde, zu deinem Freund Hetropius. Da kannst du dein Talent unter Beweis stellen.«

Der Uhrmacher sprang vor lauter Glück in die Luft. Der Satan fuhr fort: »Natürlich wirst du ihm nicht verraten, wer du bist. Aber er wird dich ohnehin nicht wiedererkennen, da du ihm in Gestalt einer wunderschönen schwarzäugigen Frau erscheinen wirst. Und wenn er deinen Leib bis zum Wahnsinn liebt, wirst du von ihm immer aufwendigere Vergnügungen und immer mehr Geld verlangen, und wenn er dann seinen letzten Tscherwonez* für dich ausgegeben hat, wirst du ihn nötigen zu stehlen. Danach lässt du ihn fallen und kommst zu mir, dir deine Prämie abholen.«

---

* Tscherwonez, zaristische Goldmünze im Wert von 10 Rubel (Anm. d. Übers.)

Das Märchen vom Fliegenpilz

I

Tanja war ein richtig großes Mädchen, schon fast erwachsen: Fünf Jahre war sie alt. Sie hatte große schwarze Augen und eine wunderschöne rote Schleife in den schwarzen Locken. Seit dem letzten Sommer war sie deutlich größer geworden. Früher spazierte sie noch mühelos unter dem Esstisch hindurch, und jetzt konnte sie bereits sehen, was obendrauf stand. Vor drei Tagen hatte eine kleine Kristallschale sehr darunter zu leiden gehabt: Tanja stellte sich auf die Zehenspitzen, um mit dem Finger herausfinden, welche Marmelade sich in der kleinen Schale befand. Aber da nun mal der Tisch relativ hoch war und die Schale relativ weit vom Rand entfernt, streckte sich Tanja so weit, bis sie das Gleichgewicht verlor und mitsamt der Tischdecke und der kleinen Schale zu Boden ging. Der

Tischdecke war's egal, aber die kleine Schale zerbrach in vier Teile, und Tanja heulte so laut los, dass alle angelaufen kamen, die Mama, der Papa, Dianka und die Amme. Man stellte Tanja in die Ecke, wo sie noch lange unter Tränen ihre mit Marmelade beschmierten Finger ableckte. Der Papa grollte den ganzen Tag, die Mama kaufte eine neue kleine Schale, und Dianka, der Tanja sich schüchtern näherte, verzieh ihr als Erste das zerschlagene Geschirr, wedelte mit dem Schwanz, schnaubte und wollte mit Tanja spielen.

Heute aber war alles vergessen, draußen lachte der Sonntag, die helle Sonne schien, Gäste kamen, und alle zusammen begaben sie sich in den Wald, um Pilze zu sammeln. Tanja nahm man auch mit, zum ersten Mal, und sie kam sich ganz und gar erwachsen vor. Zuerst war es sehr lustig, aber dann wurde es langweilig. Beim besten Willen konnte man nicht verstehen, wo diese Pilze eigentlich wachsen und wie man sie findet. Wie sehr Tanja auch suchte, sie konnte keinen einzigen Pilz entdecken! Unterdessen rief die im Wald verstreute Gesellschaft sich Heiteres zu, und einige der Körbchen waren bereits bis zum Rand gefüllt. Tanjas Körbchen war klein, aber hübsch geflochten und mit einem grünen Saum geschmückt. Schade nur, dass sich nicht ein einziger Pilz hineinverirrt hatte. Schließlich nahm man es Tanja fort, da es an ihr ja nur so daherbaumelte, und sie brauchten Platz für neue Pilze. Tanja blinzelte mit ihren großen Augen, aus denen plötzlich Tränen liefen, drehte sich um und schritt beleidigt von der Gesellschaft fort. In ebendiesem Moment geschah etwas Wunderbares: Unter einem hohen Baum erblickte sie einen riesigen roten Pilz. Tanja schrie vor lauter Überraschung auf und blieb wie erstarrt vor ihm stehen. Der Pilz sah ganz und gar echt aus – lebendig könnte man sagen –, dick, mit einem feuerroten Hut und kleinen weißen Pickeln. Tanja hockte sich vor den Pilz und berührte ihn vorsichtig mit dem Finger. Der Pilz fühlte sich sehr angenehm an, und es kam ihr vor, als wäre er ein wenig warm. Aus Angst, ihr Juwel zu beschädigen, kratzte Tanja mit den Fingernägeln vorsichtig die Erde um den Pilz herum weg, und nach der langwierigen und sorgfältigen Prozedur hob sie den ganzen Pilz heraus. Als wäre er eine Puppe, wickelte sie ihn behutsam in ihre Schürze und ging wieder zurück. Die Amme machte sich bereits Sorgen: »Tanja, Herrgott, wo warst du nur?«, rief sie aus. »Alle sind nach Hause gegangen. Wage nie wieder, alleine in den Wald zu gehen. Was für ein ungezogenes Kind!« Tanja wollte ihr unbedingt den Pilz zeigen, aber die Amme sah so beunruhigt, so zornig aus, dass sie es nicht wagte. Außerdem war dafür sowieso keine Zeit, denn die Amme packte sie an der Hand und zerrte sie mit großen Schritten, sodass Tanja fast rennen musste, hinter den anderen her. Und trotzdem kamen sie als Letzte nach Hause.

»Wie ist es, Tanja, hast du viele Pilze gefunden?«, fragte der große Bruder, der Student war und der ihr vorhin das Körbchen weggenommen hatte. Eigentlich war dieser Mensch es nicht wert, dass man mit ihm sprach. Aber konnte man etwa widerstehen, als Antwort auf diese

Frage den Pilzfund vorzuzeigen! Tanja wickelte ihre Schürze auseinander und legte den Pilz mit strahlendem Gesicht auf den Tisch. »Tanja, nicht auf die saubere Tischdecke!!«, schrie die Mutter aus Leibeskräften. Der große Bruder nahm ihn mit zwei Fingern, wischte mit der anderen Hand über die Tischdecke, und während er den Pilz über den Kopf hielt, sagte er feierlich: »Meine Herrschaften! Schauen Sie nur, unsere Tanja hat einen Giftpilz gefunden!« Alle lachten – Tanja traute ihren Ohren nicht.

»Wi-ie??«, flüsterte sie und riss ihre schwarzen Augen ganz weit auf.

»Das ist ein Giftpilz, verstehst du, ein Giftpilz«, erklärte der Bruder, »nicht du bist ein Giftpilz, sondern der Pilz ist ein Giftpilz. Obwohl, auch du bist mir eine ganz schön Giftige!«, und mit diesen Worten warf er den Pilz aus dem Fenster.

Tanja wurde schwarz vor Augen: Es kam ihr vor, als wäre die rote Sonne zusammen mit dem roten Pilz untergegangen. Sie machte ein paar zögerliche Schritte hin zum Fenster. Die Amme nahm sie bei der Hand, führte sie ins Kinderzimmer und sagte immer wieder: »Tanitschka, man darf solche Pilze nicht mitnehmen. Wenn ich es dir doch sage, das ist ein Giftpilz.«

Tanja fand die Amme nicht besonders überzeugend und wollte demzufolge auch nicht begreifen, warum man ihren rotköpfigen Liebling beleidigt hatte. Sie war die ganze Zeit bekümmert und wollte mit keinem Spielzeug spielen. Der Leierkastenmann mit seinem Affen erschien vor dem Balkon, aber selbst der machte Tanja nicht neugierig. Erst am späten Nachmittag lebte sie plötzlich auf.

Als nach dem Abendessen die Großen ihren Kaffee tranken und die Amme dabei war, ihr Bett zu machen, schlich sich Tanja zur Treppe und huschte unauffällig in den Garten. Dort ging sie etwa dreimal um das Blumenbeet herum, auf das ihr Pilz geflogen war, fand dort aber nur seinen Stiel. Der Hut blieb verschwunden. Tanja schob den Stiel behutsam in die Tasche und kehrte vorsichtig ins Haus zurück, sodass ihr Ausflug unbemerkt blieb.

Als die Amme sie später auf ihr Zimmer brachte, schoss Tanja absichtlich einen Stiefel unter das Bett, und während die Amme ihn hervorholen musste, nahm Tanja schnell den Pilzstiel und steckte ihn unter ihr Kopfkissen. Die Amme bemerkte nichts, wünschte ihr gute Nacht, löschte das Licht und ging. Als alles still war, kroch Tanja unter der Decke hervor, hüpfte fröhlich auf ihrem Bett herum, holte unter dem Kissen das Stückchen ihres Pilzes hervor, küsste es und schlief ein, ohne es aus den Händen zu lassen.

II

Am nächsten Tag erwachte Tanja mit so schlechter Laune, dass die Amme nicht wusste, wie sie das Mädchen beschwichtigen sollte. Sie wollte partout nicht aufstehen, heulte los, als die Amme versuchte, sie aus dem Bett zu ziehen, ließ das Badetuch ins Waschbecken fallen und brach absichtlich alle Zacken aus ihrem Kamm.

»Was ist nur in dich gefahren!«, entrüstete sich die Amme und zog den linken Stiefel von Tanjas rechtem Fuß. Beim Frühstück malte sie mit ihrem in Kaffee getunkten Finger auf der Tischdecke, und beim Unterricht wusste sie nicht, wie viel drei mal fünf ist.

Die Mama war sehr traurig, schloss sich mit dem Papa im Arbeitszimmer ein und unterhielt sich mit ihm darüber, dass man unbedingt eine Französin oder eine Engländerin für Tanja engagieren sollte und wie viel das wohl kosten werde. Nach dem Frühstück erhielt Tanja ihre Strafe, und am späten Nachmittag stand sie mehrmals vor der Tür zum Zimmer ihres Bruders, wagte aber nicht hineinzugehen. Endlich betrat sie schüchtern die Schwelle, und nachdem sie ein paar Schritte gemacht hatte, setzte sie sich wohlgesittet auf den Stuhl ihrem Bruder gegenüber. Der Student saß tief in seinem Sessel versunken, seine Beine lagen ausgestreckt auf dem anderen Stuhl, und las in einem klugen Buch. Als sein Schwesterchen auftauchte, richtete er seinen Blick auf sie. Tanja saß ihm gegenüber, gerade und anständig, mit auf ihrem Schoß gefalteten Händen.

»Bist du etwa zu einem offiziellen Besuch gekommen?«, fragte der Bruder.

Tanja wurde verlegen. »Boba«, sagte sie unsicher, »ich muss dir eine Frage stellen.«

»Willst du wissen, wie viel drei mal fünf ist?«, erkundigte sich der Bruder. Die Nachricht von Tanjas übler Laune hatte sich im ganzen Haus herumgesprochen.

»Nein«, sagte sie ernst, »drei mal fünf ist fünfzehn.«

»Ah, wie ich sehe, bist du innerhalb nur eines Tages klüger geworden«, sagte er milde. »Was ist los?«, fragte er nun fast schon liebevoll.

»Boba, sag bitte... Wenn... wie soll ich das sagen... Wenn eine große, sehr große lila Tür...«

Der Student legte das Buch auf den Tisch und stellte die Füße auf den Boden.

»Eine Tür? Lila?«, wunderte er sich.

»Ja, sehr lila... weißt du«, sagte sie schon viel munterer und erklärte mit den Händen, was für eine Tür das war, »eine riesengroße Tür, mit einem Bogen, so was wie ein Tor, verstehst du, wie ein Tor mit einem Bogen und ganz lila... Verstehst du?«

»Nein, ich verstehe gar nichts.«

Tanja sprang von dem Stuhl auf. »Und vor der Tür hängt eine große rote Gardine. Groß, rot, aus Samt, mit Zipfeln, wie ein sehr großer Vorhang!«, rief Tanja und zeichnete mit ihren Händen Kreise in die Luft.

»Hm«, sagte der Bruder.

»Boba, sag mal bitte, aber ehrlich: Wenn also so eine Gardine...«

»Eine rote?«

»Ja, und dahinter so eine Tür...«

»Lila?«

»Ja. Was könnte dann hinter der Tür sein?« Schweigen.

»Boba, was würde denn hinter der Tür sein?«, fragte Tanja nachdrücklich und ernst.

»Mein teures Fräulein, woher soll ich das denn wissen?«,

stöhnte Boba und zuckte mit den Schultern. Tanja kletterte auf seinen Schoß und schlang ihre Arme um seinen Hals.

»Saaag.« Sie drückte ihre Wange an die rasierte Wange ihres Bruders.

»Hör mal, Tatjana, wie kann ich denn wissen, was sich hinter deiner lila Tür befindet«, sagte er entnervt und schob seine Schwester von sich.

»Aber Bobotschka, lieber Bobotschka, sag bitte, was kann hinter einer solchen Tür denn sein? Saaag, bitte«, leierte sie flehend.

»Lass mich in Ruhe«, erwiderte der Bruder schroff, ließ sie von seinem Schoß herunter und stellte Tanja auf den Boden.

»Bobi...«

Aber Boba war wütend.

»Nun gut«, sagte er, wobei er auf die Tür zeigte, »diese Tür da ist weder rot noch lila, aber du würdest mir eine große Freude machen, wenn du nachsehen würdest, was sich dahinter befindet.«

Tanja verstand nicht.

»Dahinter... ist der Flur!«, stellte sie fest.

»Also verschwinde in den Flur, du störst mich«, sagte er bestimmt und nahm sein Buch wieder zur Hand. »Geh, geh!«, fügte er hinzu, schlug es auf und fläzte sich in seinen Sessel.

Die Audienz war beendet.

Tanja trat von einem Fuß auf den anderen, kratzte am Sesselpolster und ging dann nachdenklich aus dem Zimmer.

III

Am folgenden Tag verbesserte sich Tanjas Benehmen deutlich. Angefangen damit, dass sich Tanja, als die Amme sie wecken kam, sofort in ihrem Bett aufrichtete und selbständig ihre Strümpfe anzog. Das Handtuch flog dieses Mal nicht ins Waschbecken, und Tanja trocknete sich damit auch selbst ihre Ohren ab, was bisher immer die Amme hatte tun müssen, weil es für Tanja zu anstrengend gewesen war. Beim Frühstück gab es auf der Decke nicht einen einzigen Fleck. Im Unterricht ergab die mit sechs multiplizierte Drei eine Achtzehn. Den Bruder belästigte Tanja nicht mehr, und auf Mamas Frage, ob mit ihrem Magen alles in Ordnung sei, antwortete sie: »Yes.« Der Vater und die Mutter berieten sich erneut und kamen zu dem Ergebnis, dass es im Grunde nicht notwendig sei, eine Engländerin zu engagieren: Tanja sei ein begabtes Mädchen und erlerne die englische Sprache auch ohne diese.

Das artige Benehmen hielt auch die nächsten zwei Tage an. Der Papa streichelte Tanja über den Kopf und schenkte ihr ein Schmetterlingsnetz. Tanja schleppte ihr Geschenk ins Kinderzimmer und erbeutete damit als Erstes den Kopf der dösenden Amme.

»Bist du noch bei Sinnen, Tanitschka?«, erschrak die aus dem Schlaf gerissene Frau. »Wenn der Papa gewusst hätte, was du damit anstellst, hätte er dir dieses Spielzeug nie geschenkt.«

»Liebe Amme, wozu fängt man denn Schmetterlinge?«, fragte Tanja.

»Dazu, um sie auf eine Stecknadel zu setzen«, antwortete die Amme, »du stichst hindurch, und ab mit dem Schmetterling in ein Kästchen; dort sitzt er dann.«

»Amme, aber die Stecknadel tut ja dem Schmetterling weh?!«

»Frag doch Boba nach Spiritus und gib es dem Schmetterling zu riechen. Sie lieben das, die Schmetterlinge...«

»So ungefähr, wie der Papa Tabak schnupft?«, freute sich Tanja und sprang mit ihrem Schmetterlingsnetz hinaus in den Garten.

Den ganzen Tag lang lief Tanja durch den Garten, den Schmetterlingen hinterher, quälte sich bis zur Erschöpfung, fing aber keinen einzigen.

»Unsere Tatjana ist ganz blass«, bemerkte der Bruder beim Abendessen. Tanja war tatsächlich schlapp, und obwohl sonst jeden Abend vor dem Schlafengehen ein großes Gezeter und Gekreische ausbrach, weil es noch viel zu früh wäre, bat Tanja heute von selbst darum, schlafen gehen zu dürfen. Und tatsächlich, um sieben Uhr lag Tanja schon in ihrem Bett. Der Vater sagte zufrieden zur Mutter: »Siehst du, was es bedeutet, dem Kind ein gutes Spielzeug zu schenken?«

Am folgenden Tag wurde Tanja im Morgengrauen wach, weckte die Amme und lief hinaus in den Garten, Schmetterlinge fangen. Die Jagd war genauso wenig erfolgreich wie auch gestern schon. Tanja sprang übers Blumenbeet, kletterte über Gartenbänke, lief, so schnell sie konnte, mit ihren kurzen Beinchen und fing dennoch mit ihrem Netz nichts als Luft. Ein Schmetterling setzte sich wie zum Spott auf Tanitschkas Schulter.

Der kleine Garten genügte ihr sehr bald nicht mehr, und Tanja lief auf die Nachbarwiese hinüber. Die Sonne stach und brannte. Tanja nahm ein kleines Taschentuch und wischte sich die Stirn. In diese ernsthafte Tätigkeit vertieft, kam sie ans Ende der Wiese und betrat den Wald. Um sich etwas auszuruhen, hätte sich Tanja beinahe auf einen Ameisenhaufen gesetzt, als ihr Blick auf einen hohen Baum fiel, und plötzlich leuchteten ihre Augen. Unter dem jahrhundertealten Baum hatte sie einen riesigen roten Pilz erblickt, genau so einen wie vor fünf Tagen. Tanja schrie vor Freude auf, ließ das Fangnetz fallen und lief auf ihn zu. Sie beugte sich hinunter, streichelte ihn sanft, machte ein paar Schritte zurück und bewunderte seinen Anblick aus gebührender Entfernung.

»Was bist du schön!«, schüttelte Tanja den Kopf. »Und man nennt dich Giftpilz!«

Zu ihrer außerordentlichen Verwunderung zog der Pilz höflich den Hut und sagte mit einer Verbeugung: »Nur *jene* Menschen nennen uns Giftpilze, die *selbst* eine vergiftete Seele haben, denn mein wahrer Name lautet *Fliegenpilz*.«

»Auch noch sprechen kannst du?!«, staunte Tanja. »Du bist ja ein ganz Kluger!«

»Wir sind sehr stolz«, sagte der Fliegenpilz, »und deshalb reden wir mit niemandem. Wir schweigen sogar dann, wenn gierige Menschen uns essen wollen. Dafür aber bereiten wir in unserem Schweigen Gift, und wehe dem, der auch nur einen kleinen Bissen hinunterschluckt!«

Mit gespitzten Ohren lauschte Tanja diesen wunderlichen Worten.

»Die Menschen haben Angst vor uns«, fuhr der Fliegenpilz gewichtig fort, »und aus Angst schimpfen sie uns Giftpilze. Sie mögen die farblosen, unscheinbaren Pilze, die man in großer Menge essen kann. Dabei sind wir die Könige unter den Pilzen. Aus diesem Grund tragen wir auch diesen prächtigen roten Hut.«

»Toll …!«, rief Tanja aus.

»Und wenn ich dich jetzt angesprochen habe, dann weil ich nicht möchte, dass ein so nettes Mädchen wie du denkt, wir wären tatsächlich Giftpilze.«

Mit diesen Worten verneigte sich der Fliegenpilz erneut, schob seinen Hut zurecht und verstummte. Tanja ging um ihn herum.

»Und wo ist dein Königreich?«, fragte sie. Aber der Fliegenpilz antwortete nicht.

»Fliegenpilz – warum schweigst du?«, ließ Tanja nicht locker. »Bereitest du etwa Gift für mich?«

Der Fliegenpilz lächelte. »Unser Königreich ist tief unter der Erde«, sagte er, »und ich stehe hier als Wächter, beschütze die Eingänge.«

»In das Königreich?!«, rief Tanja. »Lieber guter Pilz, lass mich rein, wo sind deine Pilzelein? – Willst du mich die etwa nicht sehen lassen?«

Aber der Fliegenpilz zog sich den Hut in die Stirn und schwieg.

»Lieber Pilz!...« Doch der Pilz stand starr und stumm, als wäre er gar nicht lebendig. Tanja streichelte zärtlich sein rotes Käppchen und setzte sich schweigend vor ihm nieder.

Schließlich erbarmte der Fliegenpilz sich. »Na gut, eine andere hätte ich nie im Leben hineingelassen, dich aber nehme ich mit«, sagte er, »folge mir«, und verschwand unter der Erde. Dies geschah dermaßen schnell, dass Tanja gar nicht begriff, wohin er verschwand. Vor ihr war jetzt ein kleines schwarzes Loch, einer Schlangen- oder Maulwurfshöhle ähnlich, und aus der Erde ertönte die Stimme des Fliegenpilzes, die nach ihr rief.

»Wie soll ich denn da hineinschlüpfen?«, fragte Tanja und fühlte plötzlich, dass sie ganz klein wurde, winziger als ein Pilz. Das Loch kam ihr nicht mehr vor wie eine enge Schlangenhöhle, sondern war so groß wie ein ganzer Brunnen.

Der Fliegenpilz stand auf dem Grund des Brunnens und lachte. Er war nun kein strenger Wächter mehr, sondern ein freundlicher Hausherr, nett und umgänglich. »Spring«, rief er, »ich werde dich in meinem Käppchen auffangen. Spring, hab keine Angst! Es ist ganz weich.« Er nahm sein rotes Hütchen ab, winkte damit und drehte es um. Die Innenseite sah weich und gemütlich aus, wie mit hellem Atlas bespannt. Tanja kniff die Augen zusammen und sprang.

»Hopp!«, sagte der Pilz und fing sie in seinen Armen auf.

»Was bist du warm«, rief sie aus, als der Fliegenpilz sie vorsichtig auf den Boden stellte. Schon als Tanja das erste Mal den Giftpilz berührt hatte, war er ihr warm und zart vorgekommen.

»Nun, lass uns gehen«, sagte der Fliegenpilz fröhlich, indem er ihre Hand nahm.

»Du, Pilz, ich sehe nichts im Dunkeln«, sagte Tanja, drückte sich an ihn und streckte den anderen Arm aus, um nirgendwo anzustoßen.

»Ihr Menschen seid wirklich«, sprach der Fliegenpilz, »ein lustiges Völkchen! Seht in der Dunkelheit nichts. Für uns Pilze ist es immer hellstes Licht, ob in der Nacht oder am Tag.« Er ließ Tanjas Hand los und klatschte kräftig in die Hände. »Hey! Zwei Dutzend Glühwürmchen sofort hierher!«

»Die leuchten ja«, flüsterte Tanja erstaunt.

»Aber natürlich leuchten die«, antwortete der Fliegenpilz, »sie sind bei uns angestellt, um den Gästen den Weg zu erhellen«, und im selben Augenblick erstrahlte das ganze unterirdische Reich in einem grünlichen Licht.

»Glühwürmchen und Smaragde, wir haben es schön hier«, sprach der Fliegenpilz und wies mit einer großen Geste über das unterirdische Reich, welches in Hunderten von zarten grünen Lichtern glänzte.

»Siehst du, die Glühwürmchen spiegeln ihr Licht in den Smaragden, die an den Wänden angebracht sind. Es war schrecklich mühselig mit diesen Smaragden! Ameisen haben sie für uns hergeschleppt, sie stehen ebenso in unseren Diensten.«

»Solche großen Smaragde?«, wunderte sich Tanja. »Wie Wassermelonen!«

»Sie kommen dir nur so groß vor, weil du selbst zu einem Krümelchen geworden bist. In Wirklichkeit sind sie nicht größer als eine Erbse.«

Der Fliegenpilz lachte in Erinnerung an die Geschichte und erzählte: »Ohne die fleißigen Ameisen wäre es hier nicht halb so schön, sie sind in die Stadt gegangen, in die Schränke gekrochen, haben die Smaragde aus den Ringen genommen und sie nachts hierhergeschleppt. Was waren die Menschen wütend, halb tot haben sie sich gesucht. Ganz zu schweigen davon, wie viele arme Ameisen dabei plattgetreten wurden?!«

»Das ist also euer Königreich!«, flüsterte Tanja und betrachtete andächtig die glänzenden Wände, die immer heller und immer grüner funkelten. Der Fliegenpilz lachte: »Ach, ihr Menschen, nichts Schönes habt ihr gesehen! Zeigt man euch das Vorzimmer, schon denkt ihr, ihr wäret im Palast. Unser Palast ist weit von hier, er ist prächtig und feierlich und so schön, dass Menschen, selbst mit der größten Phantasie, sich nichts Vergleichbares ausmalen können. Und hier, wo du stehst, ist nicht einmal der Anfang vom Königreich...«

»Dann lass uns dort schnell hingehen!«, drängte Tanja und zerrte an seinem Arm.

»Es ist weit, du wirst müde werden, Tanjuscha«, sagte der Fliegenpilz und rief plötzlich: »Träger! Schnell!« Eine ganze Horde von dunklen Pilzen kam aus dem Nichts herbei. Sie blieben vor Tanja stehen, nahmen flugs ihre braunen Hüte ab und verneigten sich. Tanja musterte sie eindringlich, erinnerte sich an das, was Boba ihr erklärt hatte, nachdem sie den Giftpilz gefunden hatte, und rief: »Das sind die Steinpilze! Die sind doch essbar!«

»Essbar?«, verzog der Fliegenpilz das Gesicht. »Ja sicher, essbar… Ihr Menschen kennt ja nichts anderes. Noch aber dienen sie uns. Setz dich in den Hut, Tanjuscha. Sie werden dich tragen.«

Tanja kletterte in den Hut hinein, der von dem größten der Pilze für sie umgedreht worden war, und setzte sich vorsichtig darin nieder. Der andere Pilz rückte seinen Hut von hinten als Rückenlehne heran, und seine winzigen Kameraden legten Tanja ihre zarten Hütchen unter die Arme, gerade als wären es Kissen. Noch nie hatte sie so bequem gesessen! Die anderen packten den Sessel samt Mädchen von unten an und eilten los. »Ach, wie schön!«, konnte sich Tanja nicht verkneifen, während sie so voranschaukelte. Sie schaute sich um und sah ihren Freund, den Fliegenpilz, auf einem anderen Sechsergespann thronen, und mit unglaublicher Geschwindigkeit ging es voran.

»Hopp, hopp!«, trieb er seine Diener an und schlug von Zeit zu Zeit mit der Handfläche nach den Trägern. Diese liefen ohnehin immer schneller und schneller: Der Weg verlief bergab, und Tanja spürte, dass sie immer tiefer unter die Erde gelangten. Plötzlich ertönte ein furchtbares metallisches Gerassel irgendwo über ihrem Kopf. Sie schaute sich erschrocken nach dem Fliegenpilz um.

»Hab keine Angst«, lächelte der, »an dieser Stelle haben die Menschen einen Brunnen gegraben, wir sind jetzt genau darunter. Sie holen gerade Wasser, und der Wassereimer schlägt gegen die Steine.«

Der Weg fiel weiterhin ab. Bald begannen die Pilze, von einer Böschung auf die andere zu springen. Tanja jedoch fürchtete sich nicht, im Gegenteil; die Pilze hüpften so leicht, dass ihr war, als säße sie auf einer Schaukel.

»Vorsichtiger! Macht Tanja nicht schmutzig!«, rief der Fliegenpilz und erklärte ihr: »Wir gehen jetzt durch die Kohleschicht. Hier ist der unangenehmste Ort – ewiger schwarzer Staub. Aber noch ein Stück weiter unten wird die Kohle zu echten Diamanten zusammengepresst. Die Menschen wissen nichts von diesen Wundern. Regelrecht blind wirst du von dem Gefunkel!«

»Der Papa hat Manschettenknöpfe mit kleinen Diamanten«, erinnerte sich Tanja, »ganz, ganz winzigen ...«

»Weil deine Menschen eben nichts anderes suchen als Pilze! Solche Schönheiten zu finden, wie wir sie gefunden haben, das übersteigt ihre Möglichkeiten. Bei uns sind ganze Häuser aus Diamanten gemeißelt. Schau, hier!«, rief er. »Es wird heller. Wir sind schon fast da.« Tanjas Herz klopfte, und sie kniff die Augen zu.

»Öffne doch die Augen, Tanja!«, sagte der Fliegenpilz, »öffne rasch die Augen, sonst wirst du noch alles verpassen.«

Der Weg wurde hier breiter, und Tanja schaute mit großen Augen, verstand aber nicht: Das weiße Licht kam von weit her – Tanja sah deutlich, dass es zugleich gelb und blau und rot und in allen Farben des Regenbogens schimmerte. Ihnen entgegen sprang eine ganze Girlande kleiner roter Pilze. Sie begannen zu hüpfen und um Tanja herumzukreisen.

»Ei, ei, wie zauberhaft!«, rief sie aus und klatschte in die Hände.

»Das sind meine Brüder«, erklärte der Fliegenpilz, »passt auf, sonst stolpern wir über Euch!« Das Tempo wurde nun noch schneller. Beinahe flogen sie schon vertikal hinunter. Es wurde wärmer. Der Weg bog nach links ab, und das Licht wurde immer gleißender und weißer. Dann bogen sie scharf nach rechts und blieben plötzlich aus voller Kraft wie angewurzelt stehen.

»Stopp«, schrie ein langer roter Pilz, indem er den Weg versperrte und mit einer kleinen Eidechse wedelte, die sich in seiner Hand wand, bereit, sich auf Unwillkommene zu stürzen.

»Wer kommt hier?«

»Fliegenpilz Nummer siebzehn«, antwortete Tanjas Begleiter.

»Und wer noch?«

»Tanitschka«, erklärte Tanja.

»Was ist das für eine Tanitschka?«

»Sie ist mein Gast«, erklärte Fliegenpilz Nummer siebzehn. »Ich bitte, sie willkommen zu heißen und in unseren Palast einzulassen.«

»Hat sie den Eid abgelegt?«, fragte der lange Pilz und schob den Vorhang zur Seite. Vor Tanja prangte ein gigantisches geschnitztes lila Tor.

»Mein Traum! Mein Traum!«, sagte Tanja verzückt. »Ich habe es im Traum gesehen!«

»Hat sie den Eid abgelegt?«, ertönte es erneut. Fliegenpilz Nummer siebzehn näherte sich Tanja. »Tanja«, sagte er, »unser Königreich betritt nur derjenige, der schwört, nie wieder auf die Erde zurückzukehren.«

»Schnell, schnell!«, rief Tanja. »Lass mich durch das Tor!«, sprang von ihren Kissen herunter, ganz dicht vor den langen roten Pilz.

»Tanja«, sagte dieser gewichtig, »nimm beide Pfötchen dieser Eidechse in deine Hände, schau ihr in die Augen und sprich drei Mal, ohne den Blick von ihr abzuwenden: ›Ich schwöre, dass ich nie wieder auf die Erdoberfläche zurückkehren werde.‹«

Tanja hielt inne und blickte sich verwirrt nach Fliegenpilz Nummer siebzehn um.

»Fürchte dich nicht«, sagte dieser, indem er ihr seine Hand auf die Schulter legte, »die Eidechse tut dir nichts, und sie hat samtige Pfoten.«

»Ich habe keine Angst«, stotterte Tanja, »aber ich ...«

»Dann schwöre. Schwöre schnell«, sagte der lange rote Pilz streng, »sonst wird die Eidechse nervös.«

Tanja stand da und schaute verlegen erst die Eidechse, dann den Fliegenpilz an. Zögerlich streckte sie ihre Hand nach der Eidechse aus, ließ sie aber sofort wieder sinken. Indessen war Fliegenpilz Nummer siebzehn an das Tor getreten, dessen lila Licht ihn seltsam beleuchtete, und streckte seine Hände aus, bereit, es zu öffnen. Tanja trat einen Schritt zurück und schaute auf den langen roten Pilz.

»Schwöre«, sagte der. Tanjas Blick wanderte schnell zu

der Eidechse hinüber, und sie sah, dass diese sie, ohne zu blinzeln, ernst und aufmerksam betrachtete. Das rechte Pfötchen, welches nach vorne ausgestreckt war, fühlte sich wirklich samtig an.

Tanja murmelte: »Aber wie kannst du mir sagen, ich soll schwören, wenn ich doch nach Hause zum Frühstück muss?«

Der lange rote Pilz wedelte böse mit der Eidechse. »Ist sie verrückt geworden?!«, rief er aus.

Fliegenpilz Nummer siebzehn näherte sich Tanja. »Tanitschka, Liebes«, sagte er, »wir haben ein Frühstück für dich, wie du es noch niemals gegessen hast. Köstliche Torten. Kornblumen in duftigem Schnee, das ist besser als Eiscreme!«

»Aber wenn ich von zu Hause wegbleibe? Bestimmt wird mich die Amme bestrafen!«, seufzte Tanja mit Tränen in den Augen.

»Es wird keine Amme mehr geben. Nie mehr. Du sollst der Eidechse deine Hände reichen«, sagte der Fliegenpilz und wandte sich von Tanja ab.

»Der Eidechse? Kann ich nicht, will ich nicht…«, sagte Tanja ganz leise.

Der lange rote Pilz errötete vor Wut. Sein Hütchen entflammte geradezu in rotem Feuer. »Dann eben nicht!«, schrie er laut. »Leb wohl!!« Und schleuderte die Eidechse mit voller Kraft auf die Erde.

Tanja hielt die Hände vor die Augen und fühlte im gleichen Moment, dass sie emporgehoben wurde. Ihre Finger, mit denen sie ihre Augen ganz fest zugedrückt hielt, wurden größer und größer, ihre Beine wuchsen in die Länge, und ihr Kopf schwoll an. Tanja drückte die Hände noch fester auf die Augen, dass ihr fast die Tränen kamen, doch es kamen keine Tränen, der Schrecken war zu groß. Dann war ihr, als habe sie aufgehört emporzusteigen, aber sie verstand noch nicht, was mit ihr geschah. Der Kopf schwoll weiterhin an, und die Beine wuchsen schnell. In der Entfernung schrie jemand aus vollem Hals: »Tanja! Tanja!« Aber Tanja wagte nicht, ihre Hände von den Augen zu nehmen. Sie spürte einen frischen Luftzug, und ein leichter Wind strich ihr über das schwarze Haar.

»Tanja! Tanja!!«, ertönte es erneut aus der Ferne, aber Tanja blieb lieber zusammengekauert sitzen, die Augen geschlossen und mit den Händen bedeckt.

Da stach etwas sie schmerzhaft in die Schulter. Tanja musste einfach nach der Stelle greifen, so sehr tat das weh. Unter ihren Fingern zappelte eine große, fette Ameise. Und Tanja schaute sich um. Sie saß im Gras, in einem wirklichen, echten Wald. Und nebenan schimmerte tatsächlich wieder eine richtige, weite Wiese in saftigem Grün, mit Löwenzahn und Mohnblumen darauf. Hinter der Wiese konnte man Tanjas Garten erkennen, und im Garten rief jemand mit ganz heiserer Stimme: »Tanja! Tanja! Mein Gott, Tanja!«

Sie sprang auf und rieb sich die von der Ameise schmerzende Stelle. Tanja war nicht mehr winzig, sondern so wie immer. Ameisen liefen über ihre Arme, und schmerzhaft pikste ihr auch etwas ins Bein. Sie stand mitten in einem

Ameisenhaufen. Sie gab sich einen Ruck und lief über die Wiese auf das Haus zu.

»Hier bin ich, Amme!«, rief sie dahinstolpernd.

IV

Etwa zehn Schritte von dem Garten entfernt blieb Tanja stehen. Vor dem Gartentor standen Papa, Mama, Boba und Dianka. Alle gestikulierten wütend und redeten laut, Dianka bellte.

»Was hast du dir dabei gedacht, einfach so zu verschwinden? Ungezogenes Kind! Wir suchen dich bereits seit fünf Stunden!« – »Dir gehören die Ohren langgezogen!« – »In die Ecke mit ihr!« – »Wau, wau, wau!«, schimpften und bellten alle gleichzeitig. Zögerlich machte Tanja einen Schritt zurück, aber der Papa kam zu ihr, nahm sie bei der Hand und schleppte sie zornig ins Haus. Tanja weinte, Dianka jaulte, die Amme jammerte, die Mama klopfte mit dem Finger auf den Tisch – es war die reinste Hölle.

Schwarze Tage folgten. Die Engländerin traf ein, streng, alt, böse und mit Wolfszähnen und gelben Wangen, und sprach kein einziges Wort Russisch. Morgens zwang sie Tanja, sich mit eiskaltem Wasser zu waschen, und tagsüber quälte sie sie mit langen Diktaten, ließ Tanja nicht einen Moment aus den Augen, doch von allem das Schlimmste: nicht ein Wort Russisch!

Boba fuhr weg, und die Amme jagte man davon. Mama und Papa schwiegen, weigerten sich, mit Tanja zu sprechen. War Tanja zum Weinen zumute, hob die Engländerin zu einer solchen Tirade an mit ihrer kreischenden, unverständlichen, nasalen Stimme und zeigte ihre furchtbaren Zähne, dass Tanja sich mit Geheul im Schrank versteckte. Die Engländerin zerrte sie heraus, zog Tanja die Kleider aus und setzte sie in die kalte Badewanne. Seitdem weinte Tanja nicht mehr, sondern blickte nur noch furchtsam um sich.

So vergingen zwei Wochen. Zwei harte Wochen, vierzehn Tage, während deren die schrecklichen langen Zähne beständig zugegen waren. Der Fliegenpilz war ein süßer Traum, der einzige Trost für Tanja, aber von der Engländerin verschreckt, wagte sie nicht einmal, an ihn zu denken. Nachts träumte sie nicht von Pilzen, sondern von den schrecklichen Zähnen.

Eines Morgens wurde Tanja früher als ihre Engländerin wach, die mit ihr im gleichen Zimmer schlief. Sie rieb sich die Augen und konnte die Zähne friedlich in einem Wasserglas auf dem Nachttisch liegen sehen. Lange traute sie ihren Augen nicht, doch schließlich kroch sie aus ihrem Bett und trat ganz leise an den Nachttisch. Die Zähne lagen lang und furchterregend auf dem Boden des Glases und rührten sich nicht. Die Engländerin schlief tief und fest. Tanja stellte sich auf die Zehenspitzen und pustete auf das Wasser im Glas. Die Zähne rührten sich immer noch nicht. Da nahm Tanja eine Häkelnadel vom Nachttisch und berührte damit vorsichtig die Zähne. Die Zähne lagen, lang und furchterregend, unverändert auf dem Boden des Glases. Tanja schaute zum Fenster, das, seitdem die Engländerin da war, nachts immer offen stand, hakte die Zähne mit der Häkelnadel ein, fischte sie aus dem Glas, lief zum Fenster und warf sie in die große Wassertonne, die draußen unter dem Fenster stand. Die Zähne glucksten und verschwanden.

Tanja betrachtete noch eine Weile die Stelle, wo die Zähne abgetaucht waren, wischte die Nadel mit ihrem Nachthemd trocken, legte sie auf den Nachttisch zurück und ging wieder in ihr Bett.

Was für eine Aufregung herrschte am nächsten Morgen! Die Engländerin spie Gift und Galle, suchte in allen Ecken, tauchte unter dem Bett ab. Dies nutzte Tanja aus, zog sich an und lief lachend in den Garten. Es war die reinste Freude nach dem zweiwöchigen Gefängnis, das erste Mal ohne die Engländerin! Ohne zu zögern, öffnete Tanja das Gartentor und lief über die Wiese in den Wald, zu dem Baum, an dem sie einst den Eingang zum Königreich entdeckt hatte. Bereits aus der Ferne erkannte sie ihr vergessenes Schmetterlingsnetz. Vor dem Baum blieb Tanja stehen: Der Baum war da, das Schmetterlingsnetz lag daneben, allein der Fliegenpilz war verschwunden.

»Pilz, lieber Pilz, wo bist du?!«, rief Tanja verzweifelt. Sie wusste nicht, dass die Lebenszeit der Pilze sehr kurz ist, kürzer als zwei Wochen.

»Fliegenpilz! Ich gehe in dein Königreich«, sagte Tanja und begann an der Stelle, wo einst der Fliegenpilz gestanden hatte, in der Erde zu wühlen. Aber weder erschien der Eingang in das Königreich noch der Fliegenpilz; Tanja stieß nur auf Baum- und Graswurzeln. Sie wurde müde und setzte sich auf den weichen Waldboden. Jemand leckte ihre Wange. Neben ihr stand Dianka und schaute trübselig auf das von Tanja gegrabene Loch.

Ein fieser Hund

Es war ein warmer, schwüler Sommerabend. Ich beeilte mich, weil ich befürchtete, zu spät zu Maria zu kommen. Der Mond schien durch die Bäume und warf ein klares Gittermuster weißen Lichts und schwarzer Schatten auf den Gehweg. Ich musste mich beeilen, weil Maria weit weg lebte, fast am Rande von Florenz. Dort, sagte sie, gäbe es weniger Menschen und mehr Blumen. Ich befürchtete, bei ihr den widerlichen Leutnant wiederzutreffen, der sich offenbar für den Herrn in ihrem kleinen Hause hielt – hält Hof wie ein König und redet daher wie ein chinesischer Kaiser. Was kein Wunder ist, weiß er doch, dass ihm allein ihr Herz gehört; und wirklich nur ihr Herz? Es war mir unbegreiflich, wie dieser vulgäre Analphabet *sie*, eine so erlesene Seele, hatte erobern können, aber immer, wenn er anwesend war, schien sie nur für ihn noch Augen zu haben. In solchen Momenten fühlte ich mich wie ein Möbelstück, an das man sich erst erinnert, wenn man dagegenstößt.

Vor zwei Tagen jedoch, der Leutnant war nicht da gewesen, hatte Maria sich mir gegenüber ganz anders verhalten.

Draußen am Stadtrand war es weniger schwül, es gab

mehr Blumen und weniger Menschen. Marias Häuschen stand einzeln, es gab nur einen Nachbarn. Ich öffnete das Gatter und betrat den üppig blühenden Garten. Ihr Häuschen leuchtete nur hier und da zwischen den Ranken hervor, mit denen es zugewachsen war. Oft schon hatte ich die Konturen dieses verwunschenen, glücklichen Winkels auf Leinwand skizziert.

Wie ich befürchtet hatte: Der Leutnant war da. Leider gab es keinen Zweifel diesbezüglich, da vom Fenster her ein barbarisches Gitarrengeschrammel an meine Ohren drang, beziehungsweise sie grausam marterte. Ich wusste um Marias erlesenen Geschmack, wieso nur gab sie sich mit diesem Scheusal ab? Ich blieb stehen und wäre beinahe wieder umgekehrt – wer spielt schon gerne die Rolle eines Möbelstücks? Aber dann überfiel mich eine solche Sehnsucht nach Maria, dass ich gern alles ertragen wollte, nur um ihr eine Weile nahe zu sein.

Als ich den Raum betrat, schaute Maria mich verwundert an, sagte jedoch recht freundlich: »Guten Tag, Fernando«, und wandte ihren Kopf gleich wieder dem Kuchen zu, den zu schneiden sie im Begriff war. Ich wusste, wem dieser Kuchen zugedacht war. Oh, es war dieser berühmte Aprikosenkuchen, den man nur bei Maria zu sehen bekam. Dünn, oben braun, mit saftigen Aprikosenstückchen, nicht zu lange gebacken, nur leicht vom Feuer berührt.

Es war ein wundervoller Kuchen, und der Schuft von Leutnant wusste um seinen Wert nur zu gut. In Wirklichkeit war er nämlich weniger Marias wegen hierhergekommen als vielmehr des Kuchens und eines Fläschchens Asti wegen, das ihn jedes Mal erwartete.

»Ah!«, rief der Leutnant, spreizte seine Finger und gab der Gitarre mit der flachen Hand einen kräftigen Klaps auf den Bauch. »Er soll mein neues Lied hören.«

Sein neues Lied war das Allerletzte, was ich hören wollte. Dennoch – froh über die Möglichkeit, in ihrer Nähe sein zu können – setzte ich mich ihm gegenüber und machte einen möglichst interessierten Eindruck. Der Leutnant schlug erneut die Gitarre, diesmal aber nicht auf den Bauch, sondern in die Saiten. Ein lauter Akkord quoll hervor. Verzweifelt schaute ich zu Maria hin. Ohne ihren Blick zu heben, erhob sie sich vom Tisch, die lange Platte mit dem Kuchen in ihren Händen, um sie dem Leutnant zu bringen. Angesichts dieser zärtlichen Aufmerksamkeit begann mein Herz schmerzhaft zu klopfen, aber ein heftiger Knall riss mich plötzlich vom Stuhl: Es war, als wäre irgendetwas aus dem Garten durch das offene Fenster hereingesprungen. Ich drehte mich schnell um und sah einen großen Pudel auf dem Fensterbrett. Er hatte offenbar seinen Sprung nicht ganz richtig eingeschätzt und stand jetzt wankend da, unsicher, ob er oben auf dem Fensterbrett verharren oder wieder zurück ins Gras springen sollte. Maria stieß einen Schrei aus, machte einen Schritt zurück und ließ die Platte fallen. Darauf hatte allem Anschein nach der Pudel nur gewartet. Er spannte sich, machte einen Satz und sprang ins Zimmer. Nur einen Augenblick später grub er seine Zähne und Klauen in den Kuchen. Diese

Erscheinung kam so unerwartet, dass ich wie angewurzelt dastand. Der Pudel indes wedelte mit dem Schwanz und knurrte freudig, als er, Stück für Stück, den Kuchen verschlang.

Plötzlich schepperte die Gitarre zu Boden, der Leutnant riss sich wie ein wildes Tier aus dem Sofa, packte den Pudel an seinen Hinterpfoten und schleuderte ihn mit einer herkulischen Gebärde über seinen Kopf zum Fenster hinaus. Der Hund machte in der Luft einen ungeheuren Bogen und krachte in irgendein Blumenbeet. Ein markerschütterndes Jaulen ertönte durch sämtliche Harmonien und Modulationen. Vom Nachbarhaus her war das Türschloss zu hören, dann eine Tür und der Besitzer, der nach seinem Hund rief. Einige Augenblicke später ebbte das Jaulen ab, die Tür wurde wieder geschlossen, und es herrschte Stille.

Der Leutnant stand über der zerbrochenen Platte, angeekelt die Überreste des Kuchens zwischen Zeigefinger und Daumen haltend.

»Ganz herzlichen Dank«, sagte er verärgert zu Maria. »Ein hervorragender Kuchen…Sie sind eine Meisterin Ihres Fachs, aber noch besser war die Kunstfertigkeit, mit der Sie den Kuchen zu Boden geworfen haben…«

»Giovanni«, entgegnete sie vorwurfsvoll, »*ich* sollte Ihnen leidtun, nicht der Kuchen, ich habe einen solchen Schreck bekommen.«

»Nein«, rief der Leutnant aus, »anstatt Sie selbst sollte *ich* Ihnen leidtun. Ist Ihnen überhaupt klar, dass ich seit heute Morgen nichts zu essen gehabt habe? Ich bin hungrig und gehe in ein Café«, fügte er hinzu und setzte sich einen mit Federn besetzten Hut auf.

»Giovanni«, flehte Maria und lief ihm mit ausgebreiteten Armen nach.

Es wurde unerträglich. Ich erhob mich von meinem Stuhl und schritt auf sie zu. Mir war selbstverständlich klar, dass ich, solange der Leutnant da war, nur ein Möbelstück abgab. Aber mit dieser Geste erinnerte ich sie zumindest an mein Vorhandensein. Maria erblickte mich, errötete, verharrte einen Schritt vor dem Leutnant und wandte sich dann von ihm ab.

»Auf Wiedersehen«, sagte sie, »Sie sind ungerecht wie immer.« Bei diesen Worten senkte sie den Kopf und entschwand ins andere Zimmer.

Der Leutnant legte seinen Säbel an und sprang, ohne mich einer Verbeugung für würdig zu erachten, durch das Fenster in den Garten. Offensichtlich hatte ein Abgang durch die Tür für ihn nicht genügend Schneid.

Behutsam trat ich in das Zimmer, in dem sich Maria verbarg. Ich war sicher, sie dort untröstlich weinend auf dem Bett vorzufinden. Stattdessen traf ich sie vor dem Fenster an. Sie blickte mit einem unheilvollen Funkeln in den Augen zum Haus ihres Nachbarn hinüber. (All ihr Zorn richtete sich auf den Pudel und seinen Halter.)

»Man kann in seinem eigenen Haus vor diesen tollwütigen Hunden nicht mehr sicher sein!«, rief sie in ungeheuerlicher Empörung.

»Maria, um Gottes willen, was für ein tollwütiger Hund soll das denn sein?«, nahm ich sie ins Gebet. »Glauben Sie mir, der Hund war, genau wie der Leutnant, mehr an dem Kuchen als an Ihnen interessiert! Er ist doch nur ein armer, hungriger Pudel, dem Ihr Nachbar nichts zu fressen gibt.«

»Er ist ein verdrießlicher alter Geizhals und eine Nachteule«, erklärte Maria. »Er füttert seinen Hund nicht, er gibt nie Gesellschaften. Eine Woche lang war er krank, und nun vertreibt er sich die Zeit damit, seinen Letzten Willen zu schreiben.«

Ich schaute aus dem Fenster. Durch die Bäume war das Haus zu sehen, und durch das erleuchtete Fenster zeichnete sich tatsächlich eine Figur ab, die über einen Schreibtisch gebeugt saß.

»Er schreibt und schreibt und schreibt und schreibt«, sagte sie. »Eine ganz schöne Menge muss der nach so einem Leben hinterlassen...«

»Soll er doch schreiben«, sagte ich friedvoll. Aber der Frieden war bereits erschüttert.

»Er macht mir das Leben unmöglich!«, rief sie aus. »Gestern trat er mir draußen vor dem Zaun auf den Fuß, und heute attackiert mich sein Hund...«

»Aber Maria, warum haben Sie mir davon nicht schon früher erzählt?«, sagte ich und begann selbst, eine gewisse Abneigung gegen diesen alten Mann zu empfinden.

»Weil Sie nicht der Einzige sind; schließlich ist Giovanni für mich da. Heute hat er den Hund aus dem Fenster geworfen, und morgen wird er mit dem alten Mann sprechen.«

Ich kochte.

»Nun denn. Mit dem alten Mann werde *ich* sprechen, und zwar nicht morgen, sondern jetzt gleich!«

Mit diesen Worten setzte ich meinen Hut auf und begab mich in den Garten.

»Wo gehen Sie hin?«, rief mir Maria nach, und in ihrer Stimme hörte ich eine gewisse Beklommenheit. Vom Garten aus sah ich sie auf dem Fensterbrett lehnen, sie flüsterte: »Fernando, machen Sie bloß keinen Unsinn! Wo wollen Sie hin?«

Aber ich war schon über die Mauer geklettert und in den Garten des Nachbarn gesprungen, wobei ich mich beinahe verletzt hätte, denn der Garten des Nachbarn lag in einer Mulde, und die Mauer war wesentlich höher auf dessen Seite. Ich klopfte meine Sachen ab, sammelte mich und näherte mich mit leichtem Hinken, aber entschlossen dem erleuchteten Fenster. Das Fenster stand offen, und der alte Mann saß daneben an seinem Tisch und notierte hochkonzentriert seinen Letzten Willen. Der Schein der Hängelampe spiegelte sich auf seiner Glatze wie die Sonne auf dem Ozean. Das Geräusch meiner Schritte schien seine Aufmerksamkeit auf mich zu lenken.

»Wenn Sie Ihren bösartigen Hund nicht gleich und sofort zum Teufel schicken«, rief ich, »dann werde ich ihm morgen seine Beine brechen und außerdem alle Ihre Fenster einschmeißen!«

Bei den ersten Worten hörte ich, wie der alte Mann ruckartig aufstand und aus dem Fenster blickte, aber er konnte mich in der Dunkelheit nicht ausmachen. Bei den letzten Worten streckte er die Hand aus, schlug das Fenster zu und zog den Vorhang davor.

Etwas unerwartet fand ich mich allein im Dunkeln. Das war wirklich die beste Antwort, die er auf meinen Tadel hatte geben können. Ich drehte mich um und ging zum Gartentor, aber es war verschlossen und zu hoch, um darüberzuklettern. Der Mond war hinter einer Wolke verschwunden, und die Dinge ließen sich nur mit Mühe erkennen. Dennoch fand ich die Stelle wieder, an der ich in den Garten gesprungen war, nur um da feststellen zu müssen, dass auch die Mauer viel zu hoch war. Ich stolperte über einen Eimer, der den widerlichen Geruch frischer Farbe verströmte, und fiel auf eine Leiter, die danebenlag. Offensichtlich hatte der alte Geizhals die Schnüre seines Geldbeutels etwas gelockert und sich entschieden, die Gartenmauer oder die Wände seines Hauses neu zu streichen. Die Leiter erfüllte ihren Zweck, und kurz nachdem ich sie gegen die Mauer gelehnt hatte, befand ich mich wieder in Marias Garten. Aufgeregt lief ich, sie zu sehen, aber die Tür war abgeschlossen. Ich eilte zurück in den Garten und zu einem der Fenster. Es war verschlossen. Ich trat zu einem anderen Fenster – auch das war zu. Ich kehrte zur Tür zurück und klopfte vorsichtig an. Keine Antwort. Das kleine Haus schlief tief und fest und darin Maria...

Langsam schlenderte ich heim.

In dieser Nacht fand ich keinen Schlaf. Natürlich nicht wegen des Abenteuers mit dem dummen alten Mann.

Und noch weniger des Leutnants wegen. Es war das Flüstern Marias, als sie sich aus dem Fenster lehnte: »Fernando... Tun Sie das nicht... Tun Sie das auf keinen Fall!«, wovor ich beim besten Willen die Augen nicht verschließen konnte. Ich hatte eine gewisse Zärtlichkeit darin erkannt oder eine Furcht vielleicht, die ich für Zärtlichkeit hielt – auf jeden Fall war dies eine ganz neue Empfindung mir gegenüber, unerwartet neu, die meine Aussichten erhellte.

Am frühen Morgen stand ich auf. Vergeblich versuchte ich zu arbeiten; also ließ ich meine Pinsel zurück und machte mich auf den Weg zum Stadtrand. Als ich mich nach einer halben Stunde wiederum vor Marias Garten befand, lag das kleine, grün umrankte Haus in das Licht der Morgensonne getaucht, der Garten atmete frischen Duft. Die Fenster standen weit offen, aber drinnen herrschten Frieden und Ruhe. Man hatte das Gefühl, das Haus würde sich in der Morgensonne räkeln und wärmen. Die Pforte war verschlossen, aber ich hätte ohnehin nicht den Mut gehabt hineinzugehen. So stand ich still da und betrachtete die süße Schlummerszene, ohne auch nur daran zu denken, ob sich diese gut auf Leinwand machen würde.

Eine ganze Weile stand ich dort und wäre wahrscheinlich auch stehen geblieben, hätte ich nicht plötzlich Stimmen gehört, die diesen Traum harsch unterbrachen und mich rücksichtslos ins Leben zurückriefen. Die Stimmen kamen wahrscheinlich vom Nachbarhaus. Mit einem letzten Blick auf das kleine Haus machte ich kehrt und begab mich auf den Heimweg. Als ich das Tor des alten Mannes passierte, sah ich ihn plötzlich. Er stand mit dem Rücken zu mir, vor sich einen reizenden Jüngling mit blonden Locken und einem aufgebrachten Gesichtsausdruck. Mit barscher, kalter Sprache maßregelte ihn der alte Mann, und der Junge blickte hilflos nach links und rechts und war nicht imstande, dem alten Mann und seiner Lektion zu entkommen.

Na, dieser da erhält wohl keine Erbschaft, dachte ich und hatte Mitleid mit dem armen gelockten Jüngling.

Wieder zu Hause, verbrachte ich dann die ganze Zeit damit, von einem Ende des Zimmers zum anderen zu schreiten, und erst als es schon dunkel wurde, kehrte ich zu Maria zurück. Kaum hatte ich die Klinke des Tors berührt, hielt ich inne, weil unfeine Geräusche vom Fenster her zu hören waren, nämlich untröstliches, lautes Schluchzen und Schniefen. Die Vorstellung, es könne Maria sein, versteinerte mein Herz. Ich war gerade dabei, das Tor zu öffnen, als ich in dieser Haltung erstarrte. Plötzlich öffnete die Haustür sich mit einem Quietschen und heraus trat der Leutnant. Etwas Erschütterndes musste geschehen sein, dass er die Pflicht eines jeden braven Soldaten vergaß, aus dem Fenster zu springen.

»Anstatt hier herumzustehen und zu lauschen, warum klopfen Sie nicht an und treten ein?«, fuhr er mich an.

»Hören Sie, Leutnant«, sagte ich, »ich möchte Sie bitten...«

»Und ich möchte Sie auch bitten«, unterbrach mich der Leutnant unwirsch. »Ich möchte Sie nämlich bitten, zu

Hause zu bleiben, Ihre Leinwände zu bemalen und Ihrem künstlerischen Treiben nicht außerhalb des Hauses nachzugehen.«

»Mein Herr«, rief ich, stieß das Tor auf und ging direkt auf ihn zu. Er aber wich aus, tat einen Schritt zur Seite und schwang die Tür weit vor mir auf.

»Möge der Herzog so gut sein«, zischte er, »und sich einmal ansehen, wie klug Sie gewesen sind und was nun das Resultat dessen ist.«

Mit diesen Worten, einem Klappern seines Säbels und dem Knallen seiner Hacken verließ er den Garten. Ich aber eilte ins Haus und fand Maria ausgestreckt auf dem Sofa vor, so verzweifelt schluchzend, dass ich wie angewurzelt stehen blieb.

»Maria, um Gottes willen, was ist geschehen?«, stammelte ich.

»Gehen Sie weg...«, hörte ich sie durch ihre Schluchzer hindurch sagen. Ich fand eine Karaffe Wasser, brachte ihr ein Glas und half ihr, sich aufzurichten.

»Sie... Sie...«, sagte sie, und ihre Zähne klapperten gegen das Glas, »haben... eine... unehrenhafte Frau aus mir gemacht.« Und anstatt fortzufahren, verfiel sie in ein noch schlimmeres Schluchzen.

»Ich...? Sie...? Seien Sie mir gnädig, Maria«, brachte ich nur stammelnd heraus, wie erschlagen war ich von dem Vorwurf.

Aber Maria war nicht gnädig, immer jämmerlicher und lauter schluchzte sie.

»Nein, im Ernst, hören Sie zu«, sagte ich mit fester

Stimme, setzte mich auf das Sofa und nahm ihre Hände. »Hören Sie auf zu weinen und sprechen Sie deutlich. Das ist eine ernste Angelegenheit. Was war das, was Sie da von einer unehrenhaften Frau gesagt haben?«

»Ich hab das nicht gesagt, der alte Mann hat das gesagt...«, schluchzte Maria.

»Dieser alte Mann?«, rief ich aus und kochte schon wieder vor Ärger. Ich nahm sie bei den Armen, sodass sie sich aufsetzen musste. »Erzählen Sie mir sofort, was der alte Mann gesagt hat!«, schrie ich und ballte die Fäuste.

Ich schrie aber nicht Maria an, um Himmels willen. Nie könnte ich meine Stimme auch nur ein bisschen gegen sie erheben. Ich schrie, weil alles in mir schrie. Oder ich schrie ihren unsichtbaren Nachbarn an, wenn Sie so wollen, weil ich mir vorstellte, dass er vor mir stünde.

Aber was immer der Grund dafür war, mein Schreien hatte seine Wirkung auf Maria: Ihr Schluchzen hörte auf, sie sprach flüssiger, wenn auch mit stockender Stimme.

»Heute stand ich in meinem Garten...«

»Und?«

»Und der alte Mann stand in seinem, nahe der Leiter, die Sie letzte Nacht an der Wand zurückgelassen haben...«

»Und? Weiter?«, flüsterte ich und wurde zunehmend nervöser.

»Er legte seine Hände auf die Leiter und sagte zu mir mit lauter Stimme: ›Der Unterschied zwischen einer ehrenhaften und einer unehrenhaften Frau besteht darin...‹

An dieser Stelle wurde ihre Stimme von einer Welle von Schluchzern erstickt.

»Nun sprechen Sie schon weiter«, sagte ich und nahm ihre Hand.

»›… dass eine ehrenhafte Frau ehrenhafte Besucher empfängt, eine unehrenhafte hingegen Gesindel.‹«

Ich schoss empor. Alles verschwamm vor meinen Augen. Maria weinte wie ein Kind.

»Das hat er gesagt?«, rief ich aus.

»Ja, hat er«, stotterte Maria zwischen ihren Schluchzern hervor. »Und um seinen Worten mehr Bedeutung zu verleihen, schlug er dabei auf die Leiter…«

»Aha, aha!«, brüllte ich. »Dann wollen wir nicht Worte, sondern Taten sprechen lassen!«

Mir drehte sich alles. Wie hatte ich nur die Leiter vergessen können! Ich war mir sicher, dass ich gleich irgendetwas unternehmen würde, was aber genau, zeichnete sich in meinem rotierenden Verstand noch nicht ab. Ich bedauerte nur, dass wir nicht mehr im Mittelalter lebten, wo es noch gestattet war, seinen Feind an der nächsten Kreuzung zu erschlagen. Ich schaute aus dem Fenster – und schäumte schon wieder vor Wut: Marias Nachbar, dieses Tier, das es gewagt hatte, seine Stimme gegen Maria zu erheben, spazierte gemütlich die Straße entlang und entschwand an der Biegung aus meinem Blickfeld. Das Mondlicht umriss seine schlaksige Gestalt in scharfen Konturen. An der Biegung hielt er inne, drehte sich um, gerade als hätte er es sich anders überlegt, ging dann aber weiter und verschwand aus meinem Blickfeld.

Ganz unerwartet dämmerte mir etwas in meinem Hirn. Der alte Mann war ohne seinen Hund. Offensichtlich war der Hund zu Hause geblieben. Mein Plan war folgender: Ohne Zeit zu verlieren, würde ich den nichtsnutzigen Hund erwürgen und folgende Nachricht an seinem toten Körper hinterlassen: »Der Unterschied zwischen einem Hund und einem alten Esel besteht darin, dass der Hund zuerst erwürgt wird und dann der alte Esel.«

»Maria, ich schwöre Ihnen, das Leid, das man Ihnen angetan hat, wird grausam gerächt werden!«, schrie ich und stürzte aus dem Haus, sprang in seinen Garten hinüber, schnappte mir die Leiter von gestern und rannte damit zu seinem Haus, lehnte sie gegen den Balkon im ersten Stock und kletterte hinauf. Ich befand mich im Haus des Nachbarn. Er lebte allein – das war bekannt –, also hatte ich keine Angst, jemandem zu begegnen. Alles, was ich wollte, war der Hund, und ich nahm an, dass er mir laut bellend entgegenstürzen würde. Ich hatte noch nicht einmal ein Messer dabei, war ich doch willens, ihm mit bloßen Händen den Garaus zu machen. Aus irgendeinem Grund blieb der Hund still – vielleicht schlief er. Schleunigst verließ ich den Balkon und betrat den einzigen Raum im oberen Stockwerk. Es war das Schlafzimmer des Alten – still und leer. Ich lief die Treppe hinunter, aber auch dort herrschte Stille. Das Mondlicht fiel durch das Fenster und erhellte den Raum in langen Streifen. Ich stieß die Tür zum letzten Zimmer auf, seinem Arbeitszimmer, aber auch im Arbeitszimmer war der Hund nicht. Er musste seinem Herrn hinterhergelaufen sein, und ich hatte es offensichtlich nicht bemerkt, als ich den alten Geizhals auf der Straße erspäht hatte. Ein irres Rasen bemächtigte sich meiner: Hier war ich, in der Wohnung, im Herzen des Feindes von Maria – und konnte meinen Plan nicht durchführen! Mit aller Macht hieb ich die Faust auf den Tisch und legte all meine machtlose Raserei in diesen Schlag.

Plötzlich fiel mein Blick auf die Papiere auf dem Tisch. Dies war also der besagte Letzte Wille. Ich griff mir den Haufen eng beschriebener Seiten. Vielleicht war das gar kein Letzter Wille, dafür waren es zu viele Seiten, und sie waren in ganz kleiner Handschrift und sehr eng beschrieben. Es war ziemlich klar, dass dies kein Letzter Wille war – ich hatte das ja auch nur angenommen, weil Maria es so genannt hatte. Mit einer Handbewegung fegte ich einen ganzen Stapel vom Tisch, knüllte einige Seiten zusammen, steckte sie in die Tasche und stieß dabei noch ein Tintenfass um, das sich auf die übrigen Blätter ergoss.

In der Stille hörte ich das Tor. Seltsamerweise war der alte Mann schon zurückgekehrt. Kopflos stürzte ich die Treppe hinauf und gelangte in das Schlafzimmer. Dort hielt ich inne. Keinesfalls durfte ich auf den Balkon hinaus, bevor der alte Mann eingetreten war, denn sonst hätte er mich gesehen. Ich spitzte die Ohren. In der Stille hörte ich deutlich, wie erst ein Schlüssel in das Schloss gesteckt wurde, und dann zwei dumpfe Umdrehungen. Im gleichen Augenblick kam der Pudel laut bellend die Treppe herauf.

Mit einem Satz war ich auf dem Balkon. Ich kletterte zum Garten hinunter, ergriff die Leiter, rannte mit ihr in den Händen zu der Mauer, aber diesmal nicht zu der an Marias Garten, sondern zu der, die das Grundstück von der Straße trennte. Der Pudel war schon auf dem Balkon, und sein irres Gebell erfüllte den Garten und die gesamte Nachbarschaft. Ich sprang von der Mauer auf die Straße und schaute mich um. Nicht eine Menschenseele. Niemand hatte mich beim Verlassen des fremden Gartens beobachtet. Ich ging ein paar Schritte und trat durch Marias Gartentor.

Sie erwartete mich in der Haustür und ergriff meine Hand. Ihr Gesicht war blass, und ihre Augen waren weit aufgerissen. Mein Gott, wie schwarz waren sie in dieser Nacht. Ein Abgrund tat sich vor mir auf.

»Hier, der Letzte Wille des alten Kauzes«, sagte ich und überreichte ihr den Klumpen zerknüllten Papiers. Erstaunen, Misstrauen und Bewunderung, all das flackerte gleichzeitig in ihrem auf mich gerichteten Blick.

»Sie waren im Haus?«, flüsterte sie.

»Ja, natürlich!«, sagte ich fest, küsste ihre Hand und bemerkte mit freudigem Erstaunen, dass sie sie nicht zurückzog.

»Sie sind verrückt«, flüsterte Maria und wandte sich dem Fenster zu, durch welches des Nachbarn Haus zu sehen war.

»Ich wette, jetzt ist er wütend«, sagte ich lächelnd, »wie immer er auch heißen mag...«

Marias Arm legte sich zärtlich um meinen Hals.

»Arthur Schopenhauer«, sagte sie. »Irgendein Ausländer.«

Ich weiß beim besten Willen nicht, wie dieser kauderwelschige Name in meiner Erinnerung überdauern konnte. In diesem Moment fühlte ich nichts weiter als ihren Arm sich zärtlich um meinen Hals schmiegen, alles, was ich sah, waren ihre schwarzen Augen, die mich feurig anschauten...

Erst spät am Vormittag kehrte ich nach Hause zurück. Es war meine glücklichste Nacht.

Zwei Grafen

I

»Nun gut«, murrte der Graf, »geben Sie schon her, ich unterschreibe ja.« Er streckte seine Hand nach dem Gänsekiel aus.

»Unterschreiben Sie, unterschreiben Sie, Exzellenz!«, sagte der Geldverleiher vertraulicher, als angebracht war. »Sie denken übrigens zu Unrecht, wenn Sie gestatten, dass ich das sage, ich würde zu viel verlangen. Natürlich verlange ich etwas, aber ohne es zu übertreiben…«

»Einhundert Prozent sind nicht übertrieben?« Der Graf fuhr erbost mit dem Gänsekiel durch die Luft.

»Ach, was sagen Sie denn da«, lächelte der Geldverleiher. »Kommen Sie, unterschreiben Sie, unterschreiben Sie!«, machte er weiter, wieder ein bisschen zu leutselig.

»Die Tscherwonzen*, die ich Ihnen gebe, sind nicht aus Holz, sondern aus Gold, leuchten wie Feuerschein und klingeln wie Glöckchen.«

»Sie sollen es nur wagen, nicht zu leuchten«, knurrte der Graf, als er mit der Feder einen Schnörkel zeichnete und den Wechsel übergab.

Der Geldverleiher nahm das Dokument, setzte seine große Brille auf und prüfte sorgfältig das exzellente Autogramm.

»Gut, das wäre in Ordnung«, sagte er, faltete das Papier erst einmal und dann noch einmal und hockte sich vor eine schwere, gepanzerte Eisentruhe. Leise bewegte sich sein schütteres, abstehendes Haar und sträubte sich hässlich auf seinem fast kahlen Schädel, als er sich dann über die Truhe beugte. Das Schloss wurde mit einem schweren Schlüssel traktiert und schnappte mit lautem Getöse auf. Er hob den Deckel leicht an, tauchte hinein und kam mit vier kleinen Säckchen voller Goldmünzen wieder heraus, die wirklich wie Glöckchen klingelten.

»Zählen Sie sie nach, Exzellenz; fünfzig in jedem.«

Der Graf holte eine große Lederbörse hervor, in der ganze fünf Tscherwonzen sich einsam aneinanderschmiegten – die Summe seines gesamten Vermögens –, und steckte das Geld ungezählt und mit beiläufiger Geste hinein. »Guten Tag noch«, sagte er und stand auf. »Danke für Ihre Dienste.«

---

* Plural von Tscherwonez, zaristische Goldmünze im Wert von 10 Rubel (Anm. des Übersetzers)

»Immer Exzellenz' ergebenster Diener«, erwiderte der Geldverleiher; er verneigte sich nicht ohne Schalk und fügte übertrieben vertraulich hinzu: »Und möge das Schicksal Ihnen eine glückliche Karte schenken.«

Der Graf war kurz davor, dem Geldverleiher zu sagen, er möge sich um seine eigenen Angelegenheiten kümmern, aber da der Mann noch von Nutzen sein könnte, beherrschte er sich, zuckte lediglich mit den Schultern und ging. Der Geldverleiher begleitete ihn zur Tür, und obwohl der Graf sich nicht umsah, blieb er aus Höflichkeit noch so lange vor der Tür stehen, bis der Graf um die Ecke gebogen war.

Natürlich sind einhundert Prozent ein guter Zins, sagte sich der Geldverleiher, schließlich kann er leicht einhundert Prozent Gewinn machen. Auch wenn die Wahrscheinlichkeit eins zu hundert sein dürfte.

So viel Geld hatte er allein deswegen verliehen, weil der Graf bisher immer pünktlich zurückgezahlt hatte. Er kratzte sich den Kopf und holte einen Topf heraus, um sich eine Suppe zu kochen. »Eine glückliche Karte!«, murmelte er und warf die Graupen in den Topf.

Es sei angemerkt, dass der ehrenwerte Geldverleiher falsch ging in der Annahme, der Graf benötige das Geld zum Kartenspiel. Selbstverständlich wäre der Graf wie jeder anständige Mensch nicht abgeneigt gewesen, ein kleines Häufchen klingender Goldmünzen auf die Sieben zu setzen, um den Einsatz zu verdoppeln, aber zurzeit zählte Glücksspiel nicht zu seinen vordringlichen Angelegenheiten, er brauchte das Geld, um alte Schulden zu begleichen.

In den Besitz dieser erfreulichen Menge Tscherwonzen zu gelangen und sie dann auf so stumpfe und banale Art zu verwenden – alte Gläubiger auszuzahlen – wie entsetzlich! Aber der Graf hatte einen untadeligen Ruf und dachte nicht daran, ihn zu beflecken. Eine hervorragende Sache, so ein guter Ruf, wenn es darum ging, mit der Methode des Grafen Geld zu verdienen. Diese Methode war alt und bewährt und sehr einfach. Er borgte Geld von einem Geldverleiher, und wenn er es ausgegeben hatte, lieh er welches von einem anderen. Dann ging er von Geldverleiher Nummer zwei zu Nummer drei und wieder zurück zu Nummer eins, um Nummer drei auszuzahlen. Dann zahlte er einen jeweils mit einer Hälfte von Nummer zwei aus und einer Hälfte von Nummer vier. Da so die ausstehenden Beträge sich ständig verdoppelten und ins Unermessliche anwuchsen, mussten immer weitere Anleihen von immer neuen Quellen gemacht werden. Man musste ruhig und eindrucksvoll auftreten und pünktlich bezahlen, um den Kreis derer zu erweitern, die bereit waren, Kredit zu geben. Ärgerlich war allerdings, dass die Geldverleiher einen mit ihren himmelschreienden Zinsforderungen beinahe umbrachten, sodass für Zinsen mehr draufging, als zum Leben übrig blieb. Aber das Geld war gewissermaßen ein Geschenk des Himmels und erlaubte ihm überdies zu leben, wie es sich für einen Gentleman gehörte. Zumindest, wenn man davon absah, dass die Schulden nach dem Schneeballprinzip irgendwann überhandnehmen und eines Tages drastische Maßnahmen dagegen zu ergreifen sein würden – den Grafen beunruhigte dies aber nicht. Warum sich Sorgen machen? Du wirst schon einen Weg finden. Da gibt es viele Möglichkeiten – eine reiche Braut, ein großer Gewinn oder vielleicht eine Erbschaft von einem Onkel. Tatsächlich, so einen Onkel gab es – alt, kinderlos und reich. Und wenn dies alles nicht funktionierte, gab es, um sich vor dem Gefängnis zu retten, ja noch die Kugel in den Kopf – entweder in den eigenen oder in den des Onkels. Letzteres wäre gar nicht so schwierig – beim Jagen oder sogar zu Hause, zum Beispiel beim Vorführen der kostbaren alten Flinten.

Das Öl fing Feuer und stank, und der Geldverleiher riss verdrossen das Fenster auf. Dennoch, allzu viel Luft drang durch das Fenster nicht herein, so entschied der ehrenwerte Mann, sein Mittagessen draußen einzunehmen. Er öffnete die Tür und setzte sich auf die Schwelle. Sein Zuhause war am Stadtrand gelegen, wo es mehr Hecken und Brachland gab als Häuser. Kein guter Ort für einen Panzerschrank voller Tscherwonzen, sollte man annehmen; doch in diesem Teil der Welt bewährte sich seit langem eine gute Sitte: Fasste man einen Räuber, verlor dieser seinen Kopf, ein Dieb musste nur die Hand hergeben. Aus diesem Grunde gab es kaum Diebe und Räuber, und die Truhe konnte unbehelligt ihren Schatz bewahren.

»Guten Tag, Eure Exzellenz.« Der Geldverleiher stand auf und verneigte sich, als ein anderer Graf, größer als der erste, vorüberging.

Der große Graf bedachte den Geldverleiher mit einem kühlen Blick und wandte sich ab.

Soeben war er dem ersten Grafen begegnet und hatte daraus geschlossen, dass dieser beim Geldverleiher gewesen war. Der reiche Schakal hatte wieder einmal einem Opfer das Fell über die Ohren gezogen. Mistkerl, dachte der große Graf und wollte schon weitergehen, da stieß er mit dem Absatz gegen einen Stein. Der Graf stolperte, blieb stehen und hob den Absatz auf.

»Hammer und Nagel für Eure Exzellenz«, rief der Geldverleiher, »einen Moment!«, und verschwand im Haus.

Der große Graf setzte sich mit dem Absatz in der Hand auf einen Stein. »Hier, ein Hammer und ein Nagel für Eure Exzellenz!«, wiederholte der Geldverleiher mit fester Stimme, als er zurückkam.

»Gehen Sie weg!«, fuhr der große Graf ihn, ohne aufzusehen, an und versuchte den Absatz wieder anzusetzen. Da die Nägel noch im Absatz steckten, begann er nicht ganz erfolglos, sie mit Hilfe desselben Steins wieder einzuschlagen, der ihn beinahe zu Fall gebracht hätte.

»Es wäre viel besser, wenn Eure Hoheit den Hammer und den neuen Nagel nehmen würden«, sagte der Geldverleiher.

Der große Graf schaute verärgert auf. »Ich sagte, Sie sollen verschwinden!«, kläffte er. »Dort steht Ihr Haus – gehen Sie wieder hinein!«

Der Geldverleiher sank mitsamt seinem Hammer in sich zusammen. Seine Geste sagte nichts anderes als: Ich versuche Ihnen zu helfen, und Sie vergelten es mit Schimpf.

Der Graf betrachtete ihn von oben bis unten und sagte

dann verächtlich: »Sie sind ein viel zu giftiges Insekt, Väterchen, als dass ich von Ihnen Hilfe annähme!« Damit wandte er sich wieder der Reparatur seines Stiefels zu.

Der Geldverleiher entgegnete: »Eure Exzellenz sind zu harsch in Eurer Kritik. Ich helfe den Menschen, so gut ich kann.«

Der große Graf ließ empört den Stiefel sinken.

»Sie helfen den Menschen?! Sie saugen ihnen das Blut und ihre Seelen aus. Sie bringen sie ins Gefängnis. Ich kann Ihnen die Namen der zwei Menschen nennen, deren Leben Sie mit Ihren unbotmäßigen Zinsforderungen ruiniert haben. Leugnen Sie es doch, wenn Sie können!«

»Nein, zu meinem Bedauern kann ich es nicht leugnen«, erwiderte der Geldverleiher verlegen, »aber das waren Kriminelle, die versucht haben, mich um meine Ersparnisse zu bringen.«

»Und was sind Ihre Ersparnisse anderes als anderer Leute Geld? Oder geht es hier etwa um die Früchte Ihrer Hände Arbeit? Einhundert Prozent? Warten Sie, mein lieber Freund, man wird Sie noch zu fassen kriegen. Der Strick verlangt schon seit Jahren nach Ihnen.«

»Jeder muss sein Leben so bestreiten, wie er es am besten kann«, entgegnete der Geldverleiher betroffen, »und bei allem, was ... zu sagen, der Strick ...«

»... ruft laut und deutlich nach Ihnen, mein Lieber«, fiel ihm der Graf ins Wort. Er erregte sich so sehr, dass er den Absatz fortwarf und den Stiefel ohne Absatz anzog. »Ein Jammer, dass unser Bischof so alt ist. Der sollte Sie sich vorknöpfen. Alle möglichen schlimmen Gerüchte kursieren über Sie, da geht es um Grässlicheres als Geld verleihen. Warum wohl, was meinen Sie, meiden ehrbare Bürger Ihr Haus und bekreuzigen sich, wenn Sie in der Nacht hier vorübergehen?«

»Und? Hilft's?«, fragte der Geldverleiher mit feiner Ironie.

Dass ihm so in die Parade gefahren wurde, überraschte den Grafen völlig, vor allem der Sarkasmus. Ihm war, als hätte jemand den Spiegel seiner Seele mit einem stumpfen Messer attackiert. Er erbleichte und fasste nach dem Griff seines Säbels. »Machen Sie, dass Sie wegkommen«, rief er aus, »oder ich ramme Ihnen das hier in ihren schwammigen Bauch!«

Die Sache hatte eindeutig eine schlechte Wendung genommen. Der Geldverleiher stolperte die Treppe hinauf, taumelte durch die Tür und verschloss sie von innen. Ein Fenster wurde zugeknallt, dann ein Fensterladen, und noch weitere Schlüssel drehten sich in weiteren Schlössern. Man kann sich nicht genug schützen, wenn Edelleute toben und rasen.

Der Graf spuckte in Richtung der Schwelle – wie man einem Teufel hinterherspuckt – und humpelte in seinem Stiefel davon.

II

Am Abend zog sich der Graf, nicht der, der dem Geldverleiher vor die Tür gespuckt hatte, sondern der, der zuvor die zweihundert Goldmünzen erhalten hatte, seinen Mantel an und machte sich auf zu Geldverleiher Nummer acht. So verblieben die klingenden Tscherwonzen nicht allzu lange in seinem Besitz, aber wenn man seine Schulden rasch beglich, kamen neue Tscherwonzen schneller nach. Die Zahlungsfrist würde erst in zwei Tagen verstreichen, aber der Graf gab sich gerne als Gentleman und zahlte vorzeitig.

Der Graf hüllte sich also in seinen schwarzen Mantel und trat auf die Straße. Nummer acht lebte in einem dicht besiedelten Stadtteil, wo man durchaus Bekannten begegnen konnte – was aus den verschiedensten Gründen nicht in der Absicht des Grafen lag. Darum zog er sich den Hut tief ins Gesicht und folgte dem Boulevard über dunkle Seitenstraßen, wo die wenigen Passanten wie Schatten vorüberhuschten. Und auch ich bin nur so ein Schatten, dachte der Graf, wohltuend den Druck der schweren Lederbörse an seiner Hüfte verspürend. Aber ach, in einer knappen Stunde würde die Summe der letzten Leihgabe auf ein jämmerliches Quintett Tscherwonzen zusammengeschmolzen sein, und dieser Gedanke erfüllte das weiche Herz des Grafen mit Sorge.

Plötzlich sprang eine schwarze Katze zwischen den Mülltonnen hervor und kreuzte des Grafen Weg. »Oh nein«, rief der Graf, »ich kann es nicht leiden, wenn mir eine schwarze Katze über den Weg läuft!«, und blieb stehen.

Auf dem Boulevard war es still und dunkel, und an der Straßenecke funkelten einladend die Lichter im Eingang des Clubs. Zu schade, dass man sich von dem ganzen Geld trennen muss, dachte der Graf. Wie schön könnte man jetzt an den Tischen dort damit gewinnen... Aber zur Hölle! Gespielt wird erst, wenn Geld da ist, und vorher nicht!

Die Katze schrie mit ihrer kehligen Stimme, machte einen Satz zwischen den Büschen hervor und galoppierte quer über die Gasse – womöglich war ein Kater hinter ihr her. Der Graf hielt an und fluchte. »Verdammtes Ding! Ob man an Vorsehung glaubt oder nicht, es widert mich an, so ein schwarzes Ungeheuer über die Straße huschen zu sehen.«

Der Graf drehte sich um und betrachtete den hell erleuchteten Eingang zum Club. Ich frage mich... ob es lohnt? Es sind ja noch zwei Tage, bis die Frist verstreicht. Sollte das Geld verlorengehen, gäbe es immerhin noch die Möglichkeit, es zurückzugewinnen oder sich anderswo neues zu borgen. Mit so einem Einsatz könnte man ganz schön was gewinnen... Aber man könnte auch ganz schön was verlieren, entschied der Graf. Nein! Dieses Geld ist dafür da, meine Schulden zu bezahlen, und das werde ich tun!

Der Graf erfreute sich eines tadellosen Rufes, und es wäre unverzeihlich gewesen, diesen aufs Spiel zu setzen, und sei es mit einer einzigen verspäteten Zahlung. Er zurrte seinen Mantel zurecht und zog standhaft weiter.

So machte er erfolgreich ein Dutzend Schritte, um dann beim dreizehnten über etwas Rundes, Weiches zu stolpern – die Katze schoss unter protestierendem Miauen zwischen seinen Hosenbeinen hervor in die Büsche.

»Ah, du Satansbrut!«, rief der erschrockene Graf. Dann, nach kurzem Nachdenken, murmelte er: »Das muss Schicksal sein. Also gut.«

Er machte auf dem Absatz kehrt und lief zuversichtlich zurück in Richtung Club. Der Geldbeutel und dessen Gewicht ließen ihn energisch und sicher auftreten. In einem Nebenraum erblickte er das Profil des großen Grafen. Um die zehn Leute standen um seinen Tisch herum. Das Gesicht des ersten Grafen hellte sich auf. Der andere war ein reicher Mann, und da er Karten spielte, was gab es da Besseres, als mit ihm zu spielen?

»Gestatten Sie mir, diese zweihundertundfünf zu setzen«, sagte der erste Graf mit einer Verbeugung und legte seine Börse gewichtig auf den Tisch. Er dachte bei sich: Ich ahne, dass die zwei Karten gewinnen werden und ein rundes Sümmchen einbringen!

Der andere Graf aber wusste ja, woher das Geld stammte, und erwiderte: »Entschuldigen Sie, aber Ihnen gebe ich keine Karten.«

»Was heißt das, Sie geben mir keine Karten?«, erregte sich der Graf, dessen innere Stimme ihm laut zuflüsterte, all das Geld auf dem Tisch wäre ihm bestimmt.

»Es tut mir leid, aber ich kann sie Ihnen nicht geben«, sagte der große Graf entschieden.

Die Situation war unangenehm, ja peinlich für den

anderen Grafen; in der Tat hatte er das Gefühl, beleidigt zu werden. Am Schlimmsten aber war, dass er durch die Verweigerung der Spielkarten des ihm zugedachten Gewinns beraubt wurde.

»Vielleicht möchten Sie mir erklären, Herr Graf, warum Sie so unfreundlich handeln?«

»Ich habe eben nicht den Wunsch, den Einsatz um so viel zu erhöhen, das ist alles.«

»Aber entschuldigen Sie, auf dem Tisch liegt weitaus mehr Geld! Oder ... ist es etwas Persönliches?« Bestärkt in der Annahme, man wolle ihm nicht geben, was rechtmäßig sein war, ereiferte er sich sehr. Zumal er sicher war, dass er gewinnen müsste.

Der große Graf betrachtete angewidert das Geld des Geldverleihers. »Gut, wenn Sie darauf bestehen, ja, es ist etwas Persönliches«, sagte er dann trocken.

Dem anderen Grafen stieg die Zornesröte ins Gesicht.

»In diesem Fall werden Sie die Freundlichkeit besitzen, mir in einer anderen Form Satisfaktion zu erteilen?«, fragte er scharf.

»Ähm – ehrwürdige Herren«, sagte stockend ein älterer Mann, der der Vater der beiden Grafen hätte sein können. Aber der Graf zog bereits nervös an seinem Handschuh.

»Spielkarte oder Handschuh?«, sagte er entschlossen und legte den Handschuh neben die Börse. Bestürzte Blicke richteten sich auf den großen Grafen.

»Meine Herren, meine Herren!«, rief der Alte und zog den großen Grafen am Ärmel. Nun war es nicht mehr möglich, die Karte zu geben.

Der große Graf zuckte mit den Schultern, sagte: »Ihr ergebenster Diener«, nahm den Handschuh und verließ den Club.

Der Graf stopfte die Börse in seine Tasche, entschuldigte sich bei den Anwesenden für den Vorfall und begab sich zum Geldverleiher, um seine Schulden zu bezahlen. Der alte Mann indes lief aufgeregt um den Tisch herum, rief nach dem Personal, damit das Geld, welches der Graf zurückgelassen hatte, sichergestellt werde.

Das Duell selbst verlief kurz und ganz normal. Zwölf Schritte. Eins, zwei, drei. Der Schuss des Grafen. Eine Kugel in die Schläfe. Der Sturz des großen Grafen und sein Tod. Alles Weitere ist uninteressant.

Der Geldverleiher saß indes bei sich zu Hause vor dem Kaminfeuerchen und streichelte seine schwarze Katze, die freundlich schnurrte.

Ultraviolette Freiheiten

I

Auf einer weichen, flauschigen Wolke lagen zwei große Pflastersteine, auf denen wiederum es sich zwei in neblige Kleider gehüllte Gestalten bequem gemacht hatten. Eine Gestalt war ultraviolett, die andere infrarot. Der mit der Physik vertraute Leser wird sofort verstehen, dass beide für das menschliche Auge unsichtbar waren. Und selbst wenn man sie hätte sehen können, hätten sie viel zu weit weg gesessen. Aber das ist unwesentlich. Genau wie der Umstand, dass die beiden Schwestern waren und dass sie, trotz ihres überirdischen Wesens, Töchter ein- und desselben irdischen Vaters waren, der einst in Königsberg gelebt hatte. Viel wesentlicher ist das, was sich nun ereignete. Und obwohl es von niemandem bemerkt wurde – wie ich bereits erwähnte, saßen sie viel zu weit weg –, wird die Wahrhaftigkeit des Geschehens nicht mehr zu bezweifeln sein, wenn wir erst weiter unten mehr über dessen Auswirkungen werden erfahren haben.

Eine der Gestalten räkelte sich also und sprach: »Ach, Schwester, kannst du dir vorstellen, wie leid ich es bin, auf diesem Rad mit zwei Flügeln hin und her zu rasen?!«

Das war die ultraviolette Gestalt, und ihr Name war *Zeit*. Die andere Gestalt, die infrarote, antwortete ihr: »Ich kann mir das sogar sehr gut vorstellen, Schwester! Ach, ich selbst leide ja auch darunter: Kein Anfang und kein Ende, immer das Gleiche!«

Die infrarote Schwester hieß *Raum*.

Hundert Jahre vergingen.

Beide saßen da und schwiegen. Dann drehte die eine gedankenverloren das Rad, das mit seinen Flügeln flatterte. »Lass uns gehen...«, sagte die Gestalt zaghaft, die das Rad drehte und deren Name *Zeit* war.

»Lass uns gehen«, antwortete die infrarote Schwester. »Die Welt bewegt sich schon so lange nach der althergebrachten Ordnung. Sie wird ohne uns wohl kaum davon ablassen.«

II

Charles H. McIntosh öffnete die Tür und trat auf den winzigen Balkon, der zu seinem Büro im einunddreißigsten Stock gehörte. Die Sitzung mit den beiden grauhaarigen, rotgesichtigen und sauber rasierten Gentlemen hatte sich viel zu sehr in die Länge gezogen, dafür aber war die Sache jetzt geritzt. Die riesigen Ölfelder waren in den Besitz von McIntosh übergegangen. Die beiden Gentlemen waren endlich weg, und er, vom langen Sitzen und von den komplizierten Verhandlungen ermüdet, brauchte frische Luft. Hier, auf der Höhe des einunddreißigsten Stockwerks, war die Luft einigermaßen sauber, der Staub und die Ausdünstungen der Automobile krochen unten auf dem Boden dahin. Es war ausgesprochen angenehm, den müden Rücken durchzustrecken und das heißgelaufene Hirn zu lüften. Die dickflüssigen Ölquellen waren jetzt Eigentum McIntoshs, und seine Seele badete in Genugtuung.

McIntosh ließ seinen Blick schweifen über den Wirrwarr aus großen und kleinen Häusern tief, tief unter ihm, als er plötzlich eine Veränderung bemerkte. Wir verwenden hier noch den Terminus *Veränderung*, um den ruhigen, epischen Ton unserer Erzählung aufrechtzuerhalten, jedoch müssen wir ihn unverzüglich beiseitelegen, da die sich vollzogen habende Veränderung so drastisch, so absurd, so überaus verrückt war, dass es für uns, für Sie und selbst für McIntosh durchaus angemessen wäre, vor lauter Verwunderung in die Luft zu springen. Die Stadt, die Häuser, die Menschen – alles war verschwunden. Vor dem Balkon erstreckte sich gelber Sand, und daraus ragte eine schwere, düstere ägyptische Pyramide empor. Ihr Name war Cheops-Pyramide oder auch Khufu.

Aufgeregt nestelte McIntosh seine Brille auf die Nase und saugte sich mit allen vier Augen buchstäblich an der prähistorischen Besucherin fest. Aber kaum vermochte er seine Gedanken zu ordnen, als sich aus der Pyramide, etwas unterhalb ihrer Mitte, auch schon ein Stein löste und in diesem Eingang ein Mann in ägyptischen Königsgewändern erschien.

Der Pharao war wütend, da er auf seinem Weg durch den langen Gang weder die Wache noch die Sklaven angetroffen hatte.

»Petra-u?!«, rief er aus, als er McIntosh erblickt hatte, und winkte mit der Hand auf diese seltsame, doch gleichzeitig plastische seitliche Art wie die Ägypter auf alten ägyptischen Reliefs.

McIntosh konnte immer noch nicht fassen, was geschehen war, aber ihm war klar, dass der Pharao die Stimme gegen ihn erhoben hatte. Deshalb streckte er den Rücken durch, stand, ganz Unerschütterlichkeit angelsächsischen Blutes, fest und aufrecht und ohne sich zu rühren, in dem stolzen Bewusstsein, Bürger einer freien, demokratischen Republik zu sein.

Doch der Pharao hatte seine eigenen Ansichten und hatte eine andere Erziehung genossen.

»Petra-u?!«, rief er erneut, laut und wutentbrannt. Die unverständlichen Laute bedeuten übersetzt: »Was soll das alles?!«

McIntosh dachte: ›Sollte der mich weiterhin anschreien, sehe ich mich gezwungen, einen Policeman zu rufen. Das hier ist nicht Ägypten, sondern ein kultiviertes Land, und die Zeiten des Despotismus sind unwiderruflich vorbei...‹

Der Pharao schaute noch einmal in die Pyramide hinein und nachdem er sich überzeugt hatte, dass dort immer noch niemand aufgetaucht war, richtete er seinen königlichen Blick erneut auf McIntosh. Dieses Mal müssen ihm die seltsamen, unägyptischen Kleider des Amerikaners aufgefallen sein, woraufhin der Pharao offenbar beschloss, dass der Mann Ausländer war. Er wechselte aus dem Ägyptischen ins Assyrische und fragte wesentlich sanfter: »Wer bist du, ausländischer Mensch?«

Die assyrische Sprache war dem Amerikaner ebenso unverständlich wie die ägyptische, aber der sanftere Ton schmeichelte ihm. Der Gedanke an einen Policeman wich der Neugier auf sein seltsames Gegenüber. An dieser Stelle ist es vielleicht angebracht zu erwähnen, dass der Großvater von McIntosh ein durchaus bekannter Botaniker gewesen und seinerzeit beim Pflanzensammeln in Neuguinea von den dortigen Aborigines sogar aufgefressen worden war. Auch wenn McIntosh ohne Zweifel bis ins Mark Geschäftsmann und Dollarmacher war, hatten sich in seinem Blut doch einige Sammlereigenschaften erhalten können, wie zum Beispiel die Liebe zu Bronzeaschenbechern. Auch seine Erziehung hatte einen naturwissenschaftlichen Ausbildungsweg vorgesehen, aber sobald er konnte, hatte er Oxford unverzüglich verlassen und die brotlose Wissenschaft gegen das deutlich einträglichere Spekulationsgeschäft eingetauscht. Mit Recht, wie man sieht, da er sagenhaft reich geworden war, aber wir wollen von unserer Erzählung nicht allzu sehr abweichen.

McIntosh strengte sein Gedächtnis an und versuchte, sich das bisschen Griechisch, das er in Oxford gelernt hatte, in Erinnerung zu rufen. Griechenland und Ägypten, beide kamen ihm uralt und, vom langen Sitzen im Büro, ähnlich vor… Vielleicht, wenn man etwas auf Griechisch sagte, würde dieser Pharao das verstehen. Aber vergeblich: Die griechische Sprache war gründlich vergessen, nicht ein einziges Wort wollte in McIntoshs Gedächtnis auftauchen. Er hatte diesen sinnlosen Dialekt sowieso nie gemocht, und höchstens der schlaue Odysseus mit seinen spekulativen Neigungen erweckte seine Sympathie.

Doch plötzlich lichtete sich der Nebel in seinem Kopf, und McIntosh deklamierte einen der letzten Verse der *Odyssee*, die er einst in der Universität stumpfsinnig hatte auswendig lernen müssen: »Welch ein Tag ist mir dieser! Ihr Götter, wie bin ich so glücklich!«

So sprach er und schaute auf den Pharao. Die Worte hatten einen starken Effekt. Der Pharao warf den Kopf in den Nacken und rief auf Griechisch: »Wiederhole!«

»Wiederhole« war ein Wort, das McIntosh sehr vertraut war, da er es jedes Mal, wenn er die gelernten Verse aufs Neue fehlerhaft vorgetragen hatte, von seinem Professor zu hören bekommen hatte.

McIntosh verstand, räusperte sich und sagte laut: »Welch ein Tag ist mir dieser! Ihr Götter, wie bin ich so glücklich!«

Dieses Mal sprach er klarer und deutlicher. Der Pharao verstand, lächelte und nickte gnädig. Offenbar bezog er die Worte auf sich, begriff sie als Begrüßung. Dann sagte er gewichtig auf Griechisch: »Ich grüße dich, fremder Mensch. Ich bin Psammetich I., Herrscher und Gebieter Ägyptens. Wer bist du: König, Priester oder Sklave?«

McIntoshs Gehirn arbeitete auf Hochtouren, und einiges an längst Vergessenem tauchte in seinem Gedächtnis wieder auf. Die Aussage des Ägypters nahm er zwar in groben Umrissen wahr, genau verstanden aber hatte er sie nicht. Deshalb antwortete er seinerseits: »Wiederhole, oh Pharao!«

Der Pharao sprach langsam und bedächtig: »Dich grüßt Psammetich I., Herrscher und Gebieter von Ägypten, und fragt dich, wer du bist: König, Priester oder Sklave?«

McIntosh verstand den ganzen Satz nun mehr oder weniger, wusste aber nicht, was er darauf antworten sollte, da sein sozialer Status keiner der aufgezählten Kategorien entsprach. Aber die Erinnerung an die heute von ihm erworbenen riesigen Ölfelder hatte ihn nicht einen einzigen Augenblick verlassen, trotz der außergewöhnlichen Erscheinung des Pharao. So kam seine Antwort wie selbstverständlich aus dieser Erinnerung. McIntosh richtete sich auf und sagte: »Ich bin der König von Kerosin.«

Was Kerosin auf Griechisch heißt, konnte er sich nicht erinnern und sagte stattdessen das internationale Wort Petrol. Psammetich neigte huldvoll seinen Kopf. Offenbar behagte ihm, dass er sich nicht mit einem Sklaven, sondern mit einer Person königlichen Geblüts unterhielt.

»Geehrt seist du«, sagte er feierlich. »Aber was ist Petrol?

Nie habe ich von diesem Staat gehört.« McIntosh, der mit den Worten des Pharaos allmählich besser zurechtkam und dem das Gespräch zu gefallen begann, besonders nach der feierlichen Begrüßung von Psammetich, schimpfte innerlich auf sein schlechtes Gedächtnis, das sich weigerte, ihm das griechische Wort für Petrol zu liefern.

»Kerosin ist ein Brennstoff, ein Beleuchtungsmaterial«, wollte McIntosh sagen, aber es gelang ihm nicht, den entsprechenden griechischen Satz zu bauen.

»Licht!«, rief er plötzlich aus und winkte mit der Hand Richtung Himmel. »Licht! Helios!«

Psammetich neigte den Kopf. »Auch Wir verneigen Uns vor der Großen Sonne«, sagte er. »Auch Wir versuchen Licht unter jenen Völkern zu verbreiten, die in Finsternis verharren.«

Die Konversation verlief hervorragend. Beide erwiesen sich nicht nur als Personen ein und desselben Ranges, sondern hingen dazu noch der gleichen Religion an.

McIntosh, der hinter diesem Pharao, der das Licht unter jenen Völkern verbreitete, die in Finsternis verharrten, nicht zurückstehen wollte, setzte an zu erwähnen, dass er selbst zwölf Universitätsstipendien und eine Schule für aussterbende Rothäute gestiftet hatte, aber seine Schwierigkeiten mit der griechischen Sprache versiegelten ihm die Lippen.

Zudem kam Psammetich I. ihm zuvor: »Während meines assyrischen Feldzuges«, sagte der Pharao stolz, »habe ich zwölf Städte mitsamt ihren Bewohnern verbrannt, weil diese die Große Sonne nicht anbeten wollten.«

Offensichtlich verbreitete jeder von ihnen nach Kräften

seine Kultur. Der gegenseitigen Sympathie wird indes zuträglich gewesen sein, dass die Aussage über die zwölf verbrannten Städte von McIntosh nicht verstanden und der Satz über die zwölf Stipendien nie ausgesprochen wurde. Der Kerosinkönig war mit großer Wahrscheinlichkeit zu unbedeutend für den ägyptischen und der ägyptische König zu wortgewandt für den amerikanischen. Jedoch kommen wir nicht umhin festzuhalten, dass beide sich in der Zahl Zwölf getroffen hatten.

»Unter den Reichtümern, die ich in Assyrien gefunden habe«, fuhr Psammetich fort, »waren einige Strahlen der Fernen Sonne des Ostens.«

»Der Fernen Sonne des Ostens?«, fragte McIntosh nach, der nur das Ende des Satzes erfasst hatte.

»Sanskrit-Legenden. Ich habe meinen Priestern aufgetragen, diese ins Ägyptische zu übersetzen und für meine Bibliothek festzuhalten.«

»Sanskrit-Legenden?«, echote McIntosh, der nicht genau verstand, sich aber zu erinnern meinte, dass alle Sprachen aus dem Sanskrit hervorgegangen waren und dass es sich hier wohl um die Zeit von Adam und Eva handeln musste.

Die Verwunderung in McIntoshs Stimme schmeichelte dem Pharao offensichtlich; gnädig neigte er den Kopf. »Wenn es dich interessiert, mein Bruder«, sagte er, »werde ich dir diese Legenden zeigen.«

Ein glänzender Gedanke huschte durch McIntoshs Kopf. »Ich komme sofort mit dem Aufzug zu Ihnen hinunter!«, rief er, verwechselte dabei griechische und englische Wörter und konnte sich beim besten Willen nicht erinnern, welches Wort die Griechen für Aufzug benutzten. In Eile schloss er die Balkontür, warf sich den Mantel über, nahm seinen Hut und drückte im Treppenhaus auf den Aufzugknopf.

Wenn ich ihm einen Scheck über fünfzigtausend Dollar ausstelle, dachte McIntosh, während er auf den Aufzug wartete, tritt er mir vielleicht eine Legende ab. Das wäre die Sensation überhaupt, wenn ich diese Legende dem National Museum spenden würde, *Freundliche Gabe von Charles H. McIntosh*. Die ganze wissenschaftliche Welt wird in Aufregung geraten. Schließlich findet man nicht jeden Tag Sanskrit-Legenden. In Oxford, das stolz auf seinen Schüler sein wird, hängt man bestimmt dessen Porträt auf. Und im National Museum schafft man einen Extraraum für diese Legende, der Eintritt kostet zehn Dollar.

Nach fünftausend Besuchern werden die Ausgaben für die Sanskrit-Legende halbwegs gedeckt sein, den Rest des Gewinns kann ich zugunsten des Museums spenden.

So dachte McIntosh, während er zum dritten Mal ungeduldig auf den Aufzugknopf drückte. Der Aufzug kam endlich, und McIntosh raste pfeilschnell nach unten.

III

Inzwischen warfen die beiden Schwestern, die die transzendenten Flure durchstreift und keinen spannenden

Flirt gefunden hatten, einen Blick auf die Welt, welche sie vorhin so leichtsinnig sich selbst überlassen hatten.

»Meine Liebe, irgendwas stimmt da nicht!«, sagte die Schwester, die *Raum* hieß. »Es sieht so aus, als hätte der Erdball seine Achse verlassen?!«

»Was sagst du da?«, fragte die andere Schwester beunruhigt.

»Überzeug dich selbst. Schau nur, wo ist die Pyramide hin?«

Mit diesen Worten stürzten sie zu der Wolke, auf der sie so gerne saßen.

»Oh, was haben wir nur angerichtet!«, jammerte die eine, »die Zeit hat Pause gemacht, und alle Jahrhunderte sind durcheinandergeraten.«

»Oh, was für ein Unglück«, rief die andere aus, »der Raum war kurz weg, und die Pyramide ist nach Amerika verrutscht!«

Die beiden Schwestern ergriffen den Pharao bei je einer Hand. Der wartete eigentlich vor dem Eingang zur Pyramide auf McIntosh und konnte überhaupt nicht begreifen, wer ihn da jetzt festhielt. Denn wie wir wissen, war die eine Schwester ultraviolett, die andere infrarot, und beide waren für das Auge unsichtbar.

»Eure Majestät, was für Freiheiten nehmt Ihr Euch heraus! Tretet bitte in Euer Grab zurück!«, sagte die eine Schwester. »Wie kann er nur ohne Gedärme und ohne sein Herz einfach so herumlaufen!«, wunderte sie sich, während sie den einbalsamierten Körper in das Innere der Pyramide zurückbrachte.

»Und wo ist der Amerikaner?«, fragte die andere Schwester.

»Der Amerikaner fährt gerade Aufzug«, kam die Antwort aus dem Inneren der Pyramide.

»Das kann schon mal nicht falsch sein.«

Und die Schwestern begannen, die verwirrte Welt wieder in Ordnung zu bringen. Dieses kleine Durcheinander war eine gute Lehre für sie und zeigte ihnen, wie gefährlich es war, ihre verantwortungsvolle Tätigkeit zu vernachlässigen. Im Übrigen hatten die Schwestern schon bald die Unordnung beseitigt, die Welt war wieder ins rechte Gleis gekommen, und alles lief wie zuvor: einfach, klar und ganz normal.

IV

Unten angelangt, verließ Charles H. McIntosh den Aufzug und ging forschen Schrittes durch das Vestibül. Draußen auf der Straße schaute er sich nach der Pyramide um, doch sie war nicht mehr da. Seine Augen erfassten lediglich die langweiligen Umrisse der gewohnten Häuser, die alte Straße, die Wolkenkratzer, die Automobile und die blauen Wolken der Benzindämpfe.

Wo ist Psammetich?, dachte McIntosh und überlegte, in welche Richtung sein Balkon hinausging und wo er die Pyramide sehen müsste. Er bog um die Ecke, aber auch da war nur dieselbe Stadt.

»Ich bin hier, Sir«, sagte sein Fahrer und hielt ihm die

Tür auf. McIntosh, der gar nichts mehr verstand, stieg ein, und das Auto sauste durch die Straßen.

Die Sanskrit-Legende! Die Sanskrit-Legende!, dachte er und zog sein Scheckbuch heraus, nur um es sogleich wieder in die Tasche zu stecken. Ein furchtbarer Ärger, durchmischt mit vollständigem Unverständnis, packte ihn. Mechanisch trat er in sein Haus, und mechanisch landete er in seinem Wohnzimmer. Seine Frau kam ihm im dunkelroten Abendkleid entgegen. »Warum bist du so spät, Charly?!«, sagte sie. »Hast du etwa vergessen, dass der peruanische Gesandte und seine Frau heute bei uns speisen? Du hast genau zehn Minuten, um in den Frack zu wechseln!«

McIntosh ließ sich auf den Diwan sinken und fuhr mit der Hand über sein Gesicht. Psammetich I. kroch schwergewichtig durch seine Gedanken.

Ich kann einfach nicht verstehen, dachte er, woher er kam und wieso er jetzt wieder weg ist...

»Was ist mit dir, Charly?«, fragte seine Frau. »Ist dir nicht wohl?«

»Ich... ich möchte heute nichts essen...«, sagte McIntosh und erhob sich mit wirrem Blick von dem Diwan.

»Aber Charly! Und der peruanische Gesandte?«

»Entschuldige mich beim peruanischen Gesandten«, sagte er und ging, unterwegs gegen zwei Stühle stoßend, in sein Arbeitszimmer.

Seine Frau blickte ihm erstaunt hinterher und plötzlich packte sie die Angst: Mein Gott, dachte sie, womöglich ist er an Hirnerweichung erkrankt?!

Kröten

An diesem Abend wurde im Grand Hotel ein Fest gegeben. Von außen war schwer zu erkennen, worum genau es dabei ging, aber eine ganze Herde von Automobilen kam angefahren, und vor dem Eingang wurden große Laternen angezündet, die üblicherweise dunkel blieben. Die Fenster im Erdgeschoss, wo sich die Festsäle und Empfangsräume befanden, erstrahlten vom Gleißen der Kronleuchter, aber das Schönste war die große Terrasse, die mit Blumen und bunten Fähnchen geschmückt und mit runden Lampen beleuchtet war, von denen jede über hundert kleine Glühbirnen beherbergte. Die Terrasse hatte keine Wände, sondern Säulen, weshalb man das Geschehen von der Straße aus wunderbar verfolgen konnte. Und das, was auf der Terrasse geschah, war bunt und recht unterhaltsam anzusehen: Hin und wieder tauchten Gentlemen in schwarzen Fräcken und vorzüglich weißen Westen zwischen den Säulen auf, und manch ein Lichtstrahl aus einer der hellen Lampen fing sich in diamantenen Manschettenknöpfen, um sich sogleich in ein Kaleidoskop aus Tausenden von Lichtreflexen zu verwandeln. Noch interessanter waren die Damen: In fein schäumende Kleider gehüllt, sahen sie nicht wie gewöhnliche Frauen aus, denen man zum Beispiel auf der Straße begegnen konnte. Geradezu sündhaft wäre es gewesen, eine dieser Frauen anzufassen, so luftig waren sie.

Von den Passanten wurde das Geschehen auf der Terrasse offensichtlich als höchst interessant eingestuft. Sie hatten sich vor dem Balkon zu einer beachtlichen Menge versammelt und starrten aufmerksam zwischen den Säulen hindurch.

»Verzeihung, dass ich Ihnen auf den Fuß getreten bin«, sagte eine verwachsene Gestalt männlichen Geschlechts, die wohl zu sehr mit der Betrachtung einer auf dem Balkon stehenden hellblauen Dame beschäftigt gewesen war. Der schmutzige Bart, der das Opfer war, antwortete gleichgültig: »Sie brauchen sich nicht zu entschuldigen, ich habe keine Hühneraugen.«

Damit erschöpfte sich die gehaltvolle Diskussion, da beide Gestalten schon wieder auf die Terrasse konzentriert waren. Immer mehr Gäste trafen ein, und zwischen den Säulen wurde es immer lebendiger und bunter. Und immer mehr Automobile kamen angefahren, hupten ärgerlich und spuckten eine Abendgarderobe nach der anderen aus. Manch eine Dame ließ beim Betreten des Hotels ihre Pelzstola von den Schultern gleiten, und ihr Rücken schimmerte als helles Dreieck von den Schultern bis hinunter zur Taille. Manch einer in der Menge träumte bei diesem Anblick – wenn es von hinten schon so frei ist, wie wird es erst von vorne aussehen?! – und bedauerte, dass die Dame in das Hotel hineinging und nicht heraus.

»Hä?«, sagte der Mann ohne Hühneraugen zu seinem

Nachbarn und nickte mit dem Bart in Richtung Terrasse. Ohne eine Antwort abzuwarten, ohne sich überhaupt für sein Gegenüber zu interessieren, schritt er von dannen, mit beiden Beinen grässlich hinkend und sich auf ein drittes in Form eines dicken Stockes stützend.

Die verwachsene Gestalt antwortete nicht auf die Frage, da in diesem Moment das Vorderrad eines Automobils ein anderes gestreift hatte und die Gestalt gespannt verfolgte, wie die Sache ausgehen würde. Hinterher löste die verwachsene Gestalt sich aus der Menge und ging die Straße hinunter, wo sie nach einigen Minuten eine Parkbank vorfand, deren eine Hälfte bereits durch einen bärtigen Mann besetzt war, und ließ sich ebenfalls nieder.

Beide schwiegen eine Weile.

»Verdammter Teufel...«, murmelte der Bart nachdenklich, wohl noch unter dem Eindruck der festlichen Versammlung stehend. Die verwachsene Gestalt antwortete nicht.

»Ich sage, verdammter Teufel«, wiederholte der Bart, auf den die Versammlung einen starken Eindruck gemacht haben musste, mit Nachdruck und wollte offenbar auf Teufel komm raus ein paar Worte zum Thema austauschen. Die verwachsene Gestalt sagte kein Wort.

»Der Teufel soll diese verdammten Teufel holen...«, sagte der Bart gewichtig. Doch sein unbekannter Nachbar blieb stumm. Der Bart fuhr ihn an: »Werden Sie nun mit mir sprechen oder nicht?«

Der Verwachsene dachte kurz nach und zischte: »Sicher.«

Dann trat ein langes Schweigen ein. Der Bartbesitzer steckte seinen Stock in den Sand und dachte über irgendwas nach. Sein unbekannter Nachbar saß zusammengekrümmt da und tat nichts.

»Verdammter Teufel, wie die Menschen leben!«, kehrte der Bart zu seinen Gedanken zurück. »Ich hätte nicht geglaubt, dass man so leben kann. Als wären sie gar keine Menschen...«

Der gekrümmte Mann sagte, ohne sich zu rühren: »Wenn Sie solche Frauen meinen, so eine hierher auf diese Bank holen, das wäre was...«

»Ich sage nicht, was was wäre, ich sage, sie leben nicht, wie Menschen leben«, antwortete der Bärtige.

»Haben Sie etwa noch nie gesehen, dass man so leben kann?«

»Habe ich nicht.«

»Waren Sie etwa noch nie in der Stadt?«

»Ich bin jetzt seit zwei Wochen hier und sehe so etwas zum ersten Mal.«

Das gekrümmte Individuum saß, ohne sich zu entspannen, und begann lediglich, vor und zurück zu schaukeln. »Vom Dorf also«, presste es nach einer Weile durch die Zähne.

»Weder Dorf noch Stadt«, antwortete der Bart trocken.

»Also weder Fisch noch Fleisch«, bestätigte das schaukelnde Individuum.

Das Thema war erschöpft. Der Bärtige, indem er den Krückstock wieder in die Erde rammte, sagte kurz und bündig: »Puppen.«

Das Versprechen von vorhin verpflichtete das gekrümmte Individuum, das Gespräch fortzuführen. Aus diesem Grund, obwohl ihm das ansonsten völlig gleichgültig war, zischte es: »Haben Sie *Puppen* zufällig gesagt oder um mich zu beleidigen?«

Über diese Frage hätte man sich wundern können, da aber der Bartbesitzer sich als Philosoph verstand, schaute er leicht ironisch auf den verzogenen Leib des Nachbarn und fragte: »Und was sind Sie für eine Puppe?«

»Ich bin keine, aber man hat mich eine Zeitlang so genannt.«

»Ah!«, bestätigte der Bärtige. »Also haben Sie eine Puppe gespielt?!«

Das verwachsene Individuum antwortete phlegmatisch: »Ich bin Künstler, also habe ich meine Kunst ausgeübt.«

Der Bärtige kramte aus einer Tasche eine zerknickte Zigarette hervor, aus der anderen holte er Streichhölzer, zündete die Zigarette gemächlich an und nachdem er endlich den ersten Zug gemacht hatte, fragte er: »Und was wäre das? Taschendiebstahl oder Kunst allgemein?«

»Kunst allgemein«, sagte das Individuum kalt, erwärmte sich dann aber kaum merklich: »Wenn Sie früher Plakate an den Wänden gelesen haben, stand darauf bestimmt: *Der berühmte Mann ohne Knochen*. Das bin i...«

»Hab ich nicht gesehen«, schnitt der Bärtige ihm das Wort ab. »Früher war ich beschäftigt.«

Der Künstler erachtete eine solche Einstellung gegenüber seiner Kunst offenbar als durchaus zufriedenstellend. Nach wie vor zusammengekrümmt auf seinem Platz sitzend, vertiefte er sich in seine Gedanken und schaukelte leicht vor und zurück. Der Bart rauchte seine Zigarette zu Ende und schielte in Richtung seines Nachbarn: »Stimmt das, dass Sie tatsächlich keine Knochen haben?«, fragte er.

»Sehen Sie«, antwortete der Schaukelnde, »natürlich habe ich Knochen. Sogar eine Kröte, selbst die besitzt Knochen. Aber mit mir ist das so: Sobald ich im Zirkus bin, scheint es, als ob ich keine hätte. Ich verbiege mich in alle Richtungen, bin überhaupt nicht dick, sondern weich. Deshalb hält man mich für jemanden, der nur aus Fleisch besteht. *Der berühmte Mann ohne Knochen*, stand auf jedem Plakat.«

»Aha...«, stimmte der Bart zu. »Ist es denn eine gewinnbringende Beschäftigung, ohne Knochen zu sein?«

»Eigentlich schon. Am Anfang waren sie interessiert, kamen, um mich anzufassen. Natürlich! Haben auch Geld bezahlt. Und dann: Ich trete auf, und sie fangen an zu lachen.«

»Und da hat man Sie aus dem Zirkus geschmissen?«, mutmaßte der Bart.

»Ja, dann haben sie mich einfach rausgeschmissen«, antwortete der Mann ohne Knochen gleichgültig, wie ein Metronom wippend. Sein Gesicht blieb vollkommen gefühllos, drückte absolut nichts aus. Wahrscheinlich hatte er das gleiche Gesicht aufgesetzt, wenn man ihn in die Arena führte und die Neugierigen aus dem Publikum herunterkamen, um ihn anzufassen. Sein verwachsener

Körper sah tatsächlich aus, als enthielte er entweder gar keine Knochen oder Knochen, die in Essig eingelegt worden waren.

Der Bartbesitzer holte eine zweite Zigarette heraus, wandte sich seinem Nachbarn zu, betrachtete ihn, grinste schief und sagte plötzlich nachdenklich: »Es müsste interessant sein, Sie zu erhängen.« Der Mann ohne Knochen schaukelte weiter vor und zurück, ohne ein Zeichen von Verwunderung. »Warum eigentlich?«, fragte er dann träge.

»Nur so. Sie haben einen angenehmen Hals«, antwortete der Bartbesitzer und zog an der Zigarette. »Wissen Sie, andere haben einen dicken, schwabbeligen Hals, der Strick frisst sich ein: Das sieht nicht schön aus. Ein muskulöser Hals ist auch nicht gut, da hat man die ganze Zeit das Gefühl, dass gleich der Strick reißt. Ihr Hals aber ist genau richtig: dünn, knochenlos, sehr angenehm. Ich würde sagen: wie gemacht für die Schlinge.«

»Das ist ja ein Ding«, sagte wippend der gekrümmte Mann, den solche Kenntnisse sichtbar beeindruckten. »Haben Sie etwa oft hängen müssen?«

»Fünf Jahre lang.«

»Dann haben Sie als Henker gedient?«

»Ich wollte ja nicht selbst in die Schlinge, also hab ich's gemacht«, antwortete der Bärtige philosophisch.

»Mussten Sie denn in die Schlinge?«, fragte der Mann ohne Interesse und augenscheinlich nur, um das Gespräch fortzuführen.

Der Bärtige schmunzelte. »Wenn's nach mir gegangen wäre, nicht, nach deren Meinung aber schon«, sagte er.

»Und dann? Wurde Ihnen langweilig und Sie sind einfach gegangen?«, fragte der Verwachsene faul, weil er nun mal irgendetwas fragen musste.

»Man geht nicht *einfach*. Nachdem sie mich zerschlagen hatten, bin ich gegangen.«

»Die, die Sie gehängt hatten?«

»Ja, die, die ich hätte hängen sollen. Ich wurde erwischt und zerschlagen. Beine, Arme gebrochen.«

»Beide?«, fragte der Zusammengekrümmte phlegmatisch.

»Beide Beine und ein Arm, der rechte. Ist aber auch genug. Hab zwei Monate zum Erholen gebraucht. Und dann, als ich verdammt noch mal war, was ich jetzt bin – Sie sehen ja, keine Arme, keine Beine, dann kam irgendein Befehl, und man schickte mich zum Teufel. ›Verschwinde‹, sagten sie, ›hast genug gehängt.‹«

Den Mann ohne Knochen hatten die ihn sehr wenig interessierenden Erläuterungen nun wirklich ausreichend befriedigt. Er hustete und stand auf. Der Henker erhob sich ebenfalls von der Bank und sagte, er wolle schlafen gehen.

»Leben Sie wohl!«, sagte der Künstler knapp und setzte sich in Bewegung.

»Zum Teufel«, antwortete der Henker gleichgültig und mit beiden Beinen humpelnd kroch er den Boulevard hinauf.

Verwerfliche Leidenschaft

I

Obwohl das Städtchen klein war, lebten dort auch ehrenwerte Bürger. Oder besser andersherum: Weil das Städtchen klein war, waren die ehrenwerten Bürger nicht zu übersehen. Genauer würde ich sogar so sagen: Dank seiner geringen Größe waren jene Bürger, die ehrenwert waren, besonders hervorgehoben. In einer großen Stadt gehen die ehrenwerten Bürger in der breiten Masse unter, da sich ihre herausragenden Qualitäten in der Quantität, welche die Stadt bevölkert, auflösen. Jedoch: Je kleiner eine Stadt, desto wichtiger wird die Bedeutung eines einzelnen ehrenwerten Bürgers.

So war es auch in jener Stadt, von der im Folgenden die Rede sein wird.

»Sie wissen, wie sehr ich Sie liebe«, sagte der ehrenwerte Bürger, indem er sich bei dem Abt einhakte und ihn zur Seite von der Menge auf dem Trottoir wegführte. »Natürlich wissen Sie, dass ich Sie sehr liebe. Gewiss bezweifeln Sie das nicht. Und ich bin nicht der Einzige, alle lieben Sie, mein hochgeschätzter Abt. Alle lieben Sie außerordentlich.«

Der Abt ließ ein Wort des Dankes fallen, ohne sich ganz darüber im Klaren zu sein, warum man ihn am Arm hielt und warum man diese Liebenswürdigkeiten aussprach.

»Liebe allein ist natürlich zu wenig«, fuhr der ehrenwerte Bürger fort, »doch Sie genießen auch Respekt. Alle schätzen Ihre aufklärerische Tätigkeit. Außergewöhnlich hoch wird diese geschätzt. Von allen und auch mir. Mir und auch sonst allen.«

»Ich danke Ihnen«, sagte der Abt nun doch geschmeichelt und versuchte, seinen Arm zu befreien.

»Wissen Sie«, der Bürger wollte einfach nicht aufhören, »Ihr Ruf ist dermaßen gut, dass, selbst wenn irgendein Gerücht über Sie in Umlauf wäre, dem niemand Glauben schenken würde.«

»Ein Gerücht?« Der Abt hob eine Augenbraue.

»Aber um Gottes willen! Glauben Sie nicht, es gäbe da ein Gerücht über Sie. Und wenn es auch eins gäbe, würde ich mir nie erlauben, es Ihnen gegenüber zu erwähnen. Ich würde sagen: Unsinn. Unsinn! Aber es ist besser, dass es keines gibt. Wir lieben unseren geschätzten Abt viel zu sehr.«

»Also, irgendetwas...«

»Oh nein, oh nein! Rein gar nichts. Könnte ich denn solches glauben? Ich wollte nur sagen, wie viel Wärme ich und die anderen und wir und überhaupt alle, wie viel Wärme wir Ihnen entgegenbringen und was für ein allgemeines Vertrauen sich über unsere Stadt sozusagen ergießt und wie dieses Vertrauen Ihre Person umströmt. Und wenn ich jetzt mit Ihnen ein wenig gesprochen habe, so danke ich Ihnen von Herzen für diese interessante Unterhaltung. Sie hat mir großes Vergnügen bereitet, erlesene Entspannung. Auf Wiedersehen, teurer Abt. Ich danke Ihnen. Jetzt muss ich in diesen Laden hinein, hundert Zigarren kaufen. Ich kann sagen, dass es hier vorzügliche Zigarren gibt. Ich empfehle sie Ihnen wärmstens. Auf Wiedersehen, hochverehrter Abt.«

Der Abt blickte ihm hinterher und dachte: Warum verströmt dieser Mann so viele Worte und so wenig Aufrichtigkeit? Er zuckte mit den Schultern und machte sich auf den Weg nach Hause, in sein ihm rechtmäßig zustehendes Kirchenhaus.

Es gelang ihm, einige wenige Schritte zu gehen, bevor er aufs Neue belästigt wurde. Diesmal war es jedoch ganz und gar kein ehrenwerter Bürger – bloß seinen Kragen anzufassen hätte genügt, um sich davon zu überzeugen –, schmutzig war er und zerknittert wie ein Lappen, mit dem man die Stiefel putzt. Und das Gesicht? Genauso zerknittert. Und die Augen? Waren unstet. Und der Gang?

Schwankend. Nichtsdestoweniger war er ein interessantes Subjekt. Von Beruf Dentist, obwohl niemand bei ihm in Behandlung war.

»Aha!«, erdreistete sich das Subjekt, den Abt anzusprechen, »ein wunderbares Glück, dass ich Ihnen begegne.«

»Guten Tag, Herr Doktor«, sagte der Abt und streckte ihm die Hand entgegen. Diese Geste bezeugte einen gewissen Mut, denn die Hand des Subjekts war schmutzig, und es widerstrebte einem naturgemäß, ihm die eigene zu reichen.

Der Dentist verbeugte sich, wischte sich die Finger an der Hose ab und drückte die Hand des Abts. »Ein wunderbares Glück«, wiederholte er. »Ich und unser edler Freund, wir haben heute oft an Sie gedacht. Sie haben uns unendlich gefehlt. Ich wollte sogar bei Ihnen vorbeikommen. Doch dann habe ich entschieden, es sei wohl besser, das nicht zu tun.«

»Besser, das nicht zu tun«, wiederholte der Abt mit milder Bestätigung, und um diese noch milder zu machen, fügte er hinzu: »Ich war ja gar nicht zu Hause.«

»Aber nein, nicht nur, weil Sie nicht zu Hause waren«, sagte der Dentist, offensichtlich nicht gekränkt, »ich verstehe die Sachlage ausgezeichnet. Aber Sie müssen unbedingt kommen. Kommen Sie so schnell wie möglich, wir haben geweint ohne Sie!«

»Sagen Sie bloß, Sie haben es beschaffen können?«, fragte der Abt gegen seinen Willen.

»Ach, Verehrtester, wenn Sie sehen könnten, was wir beschafft haben, würden Sie nichts anderes mehr wollen.

Was für ein Exemplar! Diese wunderbare Zärtlichkeit, diese angenehme Rundung, und zu alldem noch: leichte Heiserkeit, eine kaum erkennbare, samtige Heiserkeit.«

»Oh«, sagte der Abt. Das Subjekt rollte mit einem Auge, und indem es sich auf die Zehenspitzen stellte, flüsterte es ihm ins Ohr: »Und das Ventil ist da...«

»Das kann nicht wahr sein!?«

»Wissen Sie, so ein Ventil, von dem nicht einmal ich selbst glaubte, dass es so ein Ventil überhaupt geben könnte!«, sagte der Dentist und zeichnete ein sich öffnendes und wieder verschließendes Ventil in die Luft. Der Abt schaute sich um. Dem Dentisten entging das nicht, und er begann, sich sogleich zu verabschieden. »Also, kommen Sie doch heute am späten Abend...«, sagte er flehend.

»Wenn es mir möglich ist«, sagte der Abt sich abwendend, »werde ich vielleicht kommen.«

Der Dentist verbeugte sich einige Male und huschte von dannen. Wohin er verschwand, war schwer zu sagen, aber einen Moment später war er nicht mehr zu sehen. Nichtsdestoweniger gelang es dem ehrenwerten Bürger, der gerade mit hundert Zigarren aus dem Laden kam, den Dentisten noch zu sehen, und er schüttelte missbilligend den Kopf.

»Verehrter Abt!«, sagte er. »Sie verkehren ja immer noch mit diesem Schmutzfinken?!«

Der Abt lächelte nachsichtig. »Als Abt muss ich nicht nur mit den Reinen in Berührung kommen, sondern mit allen Geschöpfen.«

»Kommen Sie aber nicht mit dem in Berührung, ach, kommen Sie mit dem nicht in Berührung. Kommen Sie gerade mit diesem Halbmenschen nicht in Berührung! Glauben Sie mir, er wird Sie mehr beschmutzen als Sie ihn reinigen können. Ich sage es Ihnen aus allergrößter Zuneigung heraus. Aber da Sie das Recht haben, das gute Recht haben, mir zu entgegnen: ›Gnädiger Herr, es ist nicht Ihre Sache‹, werde ich Ihre Antwort mit Bescheidenheit annehmen.« Als er jedoch bemerkte, dass seine Aufdringlichkeit dem Abt unangenehm wurde, wechselte er flugs das Thema, und indem er ihn am Ellbogen nahm, flötete er: »Was für Zigarren! Fimiam! Sollten Sie mir das Vergnügen bereiten, bei mir zu Mittag zu speisen, werde ich Sie diese kosten lassen.«

Als der Abt keine Anzeichen der Freude zeigte, verabschiedete sich der ehrenwerte Herr mit außerordentlicher Liebenswürdigkeit und ging, Gott sei Dank, seines Weges.

Der Abt machte sich, von den wohlgemeinten Tiraden ermüdet, auf den Weg nach Hause. Es war durchaus möglich, dass der Bürger aufrichtig war; es war ebenso gut möglich, dass er dem Abt nur Gutes wünschte. Das aber wäre wirklich schlimm, würde es doch bedeuten, dass es in der Stadt irgendwelches Gerede gab, vor dem er ihn zu warnen versucht hatte. Im Schwall der Liebenswürdigkeiten verbargen sich verdeckte Anspielungen, die nach dem Auftauchen des Dentisten sogar zu direkten Anweisungen wurden.

Zu dumm, dass dieser Arzt hier aufgekreuzt ist, dachte der Abt. Er erinnerte sich aber sogleich an das, was der

Dentist ihm erzählt hatte, und lächelte unwillkürlich. Ist es möglich, dass sie es tatsächlich besorgt haben? In diesem Fall wären sie wahrhaft talentierte Menschen!

Dabei leuchtete das Gesicht des Abts auf, denn seine Gedanken wanderten von dem ehrenwerten Bürger hin zum Kreis des Dentisten und dessen »adligem Freund«. Es war ärgerlich, dass irgendwelche Vorurteile und Gerüchte ihn lähmten und ihn der Möglichkeit beraubten, sich heute noch dahin zu begeben, wohin sein Herz ihn trieb.

Nach dem Gespräch mit dem aufdringlichen Zigarrenraucher würde ihm jetzt nichts anderes übrigbleiben, als zu Hause zu sitzen, seinen Ruf zu wahren und alle angenehmen Dinge zu vergessen. Denn wenn du einen wichtigen Posten bekleidest, gebührt der Vernunft Vorrang.

Zu Hause angekommen, aß der Abt zu Mittag, schlug ein Buch über die Entwicklung des Katholizismus auf der Insel Sardinien auf, und da er beschlossen hatte, nirgendwo mehr hinzugehen, vertiefte er sich in die erquickliche Lektüre. Denn wenn man eine gewisse Position innehat, muss man immer daran denken, dass die Vernunft, die Vernunft und nochmals die Vernunft zweifellos vorgeht.

II

Um neun Uhr, als der Abt über das Buch hinweg auf die Uhr schaute, ob nicht die Zeit gekommen wäre, seinen Körper in das weiche Bett zu verlagern, kam ein zerzauster Junge ins Haus und rief ihn, an seinem Ärmel zerrend, in verworrenen Worten zu seinem sterbenden Großvater. Der Abt, diese Art von Besuchen gewohnt, ließ den Jungen zu Ende sprechen und überlegte dabei kaltblütig, ob man tatsächlich gehen müsse oder ob man nicht darauf verzichten könne. Doch der Junge schluchzte mehrmals auf und heulte dann so kläglich los, dass der Abt seinen Hut nahm und sich auf den Weg machte, des Großvaters Seele zu retten. Laut dem Enkel wohnte der Großvater gleich nebenan, doch sie liefen im Dunkeln nicht weniger als eine halbe Stunde, bis sie irgendwo am Stadtrand das Haus fanden, in dem das Familienunglück ausgebrochen war.

Bei ihrer Ankunft saß der Großvater, eine Kompresse auf dem Kopf, bereits im Sessel. Er fühlte sich schon viel besser und wollte sich sogar für den eintretenden Abt erheben. Doch der Abt sowie eine ordentlich gekleidete Frau, Großvaters Nichte, eilten herbei, ihn von dieser übermäßigen Lebhaftigkeit abzuhalten. Zur gleichen Zeit entschuldigten sich mehrere Verwandte im Chor bei dem Abt für die unnötig verursachte Unruhe.

»Gelobt sei der Herr, gelobt sei der Herr«, sprach der Abt, der es gewohnt war, dass man ihn mitten in der Nacht umsonst in die Vororte rief.

»Dank dem Doktor! Er hat unseren Großpapa gerettet. Wir haben gar nicht mehr zu hoffen gewagt«, sagte die Nichte und verneigte sich in Richtung des Nachbarzimmers.

Der Abt schaute in das Nachbarzimmer und sah den

Dentisten, der gerade das Küchenmesser spülte, und konnte ein Lächeln nicht unterdrücken. »Sind Sie derjenige, Doktor, der hier Wunder vollbringt?«, fragte er.

»Ich bin immer froh, mich nützlich machen zu können, obwohl der Fall nicht meiner Fachrichtung entspricht«, antwortete er, offenbar froh über das Eintreffen des Abts. Sein Aussehen war noch weniger reinlich als sonst, denn über seinen eigenen chronischen Schmutz hinaus war er mit Blut bespritzt.

»Es war nicht Ihre Fachrichtung, aber der Großvater ist gerettet«, sagte die Nichte, die in der Tür stand. »Und der richtige Doktor hat es versucht und dann abgelehnt. Wie auch immer, er sagte uns, man könne ihn nicht retten.«

Der Fall hatte in der Tat einen spannenden Verlauf: Als es um den Alten schlechter stand, waren die verstörten Verwandten zu dem nebenan wohnenden Dentisten gestürzt, um wenigstens irgendjemanden zu holen, der sich mit Medizin auskannte. Doch während sich dieses Subjekt überlegte mitzukommen, war so viel Zeit vergangen, dass der richtige Doktor bereits aus dem Stadtzentrum eingetroffen war. Die Lage des Kranken schien hoffnungslos, und der Doktor, nachdem er mehrere Mittel ausprobiert hatte, stellte fest, dass der Alte kaum noch atmete. Man hätte ihn zwar für ein paar Stunden am Leben erhalten können, retten jedoch könnte man ihn nicht. Der zu dieser Zeit nun eingetroffene Dentist versetzte dem Kranken ohne großes Gerede eine Portion Quecksilber, welches er aus dem Fensterthermometer entfernt hatte, und schlitzte ihm anschließend mit dem Küchenmesser die Ader auf. Der Effekt war in jedweder Beziehung frappierend, hauptsächlich wegen des Quecksilbers, und eine Stunde später, kurz vor dem Eintreffen des Abts, war der Großpapa nicht nur in der Lage, auf dieser Welt zu verweilen, sondern versuchte sich beim Abt sogar noch dafür zu entschuldigen. Der empörte Doktor war von dannen gefahren, kaum dass der unsaubere Dentist mit seinen Manipulationen begonnen hatte. Nach der Flucht des Konkurrenten avancierte Letzterer zum alleinigen Helden und Wundertäter. Von der gesamten Familie mit Verbeugungen und Worten der Dankbarkeit überhäuft, zusätzlich war ihm etwas Geld in die Hand gedrückt worden, trat der Zahnarzt zusammen mit dem Abt hinaus auf die Straße. Der Abt fragte: »Herr Doktor, vielleicht begleiten Sie mich ein Stück? Ich kenne mich in diesen krummen Gassen hier nicht aus.«

»Aber natürlich, mit großem Vergnügen«, antwortete ihm der Dentist, »allerdings möchte ich Sie nicht nach Hause, sondern zu unserem edlen Freund begleiten, der ganz in der Nähe ist.«

»In der Nähe? Wie? Forcio wohnt in der Nähe?« Der Abt blieb stehen.

»Einen Katzensprung entfernt. Ich flehe Sie an, lassen Sie uns zu ihm gehen. Noch ist es nicht so spät.«

Der Abt schaute auf seine Uhr, es war zehn. Er dachte: Wenn ich für eine Stunde bei Forcio vorbeischaue, ist nichts Übles dabei. Und in dieser Dunkelheit wird es wohl kaum jemand bemerken. Deshalb sagte er: »Na gut, gehen wir. Heute Mittag haben Sie mich sehr neugierig gemacht.«

»Oh! Wahrhaftig, in diesem Fall lohnt es, neugierig zu sein!«, rief der Zahnarzt und bog unverzüglich in irgendeine abscheuliche Gasse ein. »Denken Sie, nur eine Litze, nur ein Haken, und sogar darin erkennt man Liebe und Fleiß«, fuhr er fort, neben dem Abt durch die Dunkelheit schreitend. »Heute Morgen haben wir es so bedauert, dass Sie nicht dabei waren. Denn zu zweit, Sie wissen es selbst, ist es nicht dasselbe wie zu dritt!« Sie kamen auf eine breitere Straße und blieben vor einem kleinen alten Häuschen stehen.

»Ich erkenne es wieder«, sagte der Abt und näherte sich der Schwelle. Ein Metallschild, an die Tür genagelt, leuchtete schwach im Dunkel. Darauf konnte man lesen: *Forcio della Furcia*, und weiter oben prangte eine herrschaftliche Krone.

»Wer ist da?«, fragte ein wütender Bass, nachdem der Zahnarzt mehrmals geklingelt hatte.

»Ich und der Herr Abt«, antwortete er, worauf die Tür rasch geöffnet wurde und die lange Figur des Hausherrn sich verneigte.

»Herzlich willkommen«, sagte Forcio della Furcia mit unverhohlenem Vergnügen, »solch einen angenehmen Besuch habe ich nicht erwartet. Zu jeder Nacht- und Tagesstunde sind Sie hochwillkommene Gäste.«

Und mit einer ausladenden Geste lud er sie ein, in sein einziges Zimmer zu treten. Forcio war hochgewachsen und dünn und hatte einen krummen Rücken. Ein langer, trübseliger Schnurrbart hing von seinem Gesicht herunter. Dagegen war die Nase gerade und schmal, und der Weinmissbrauch des Hausherrn hatte keinerlei Auswirkungen auf ihren Farbton gezeitigt. Doch dieser Schnurrbart, dieser lange herunterhängende Schnurrbart, verriet den Trunkenbold: Geradezu geschaffen schien er zu sein, in ein Madeiraglas zu hängen. Durch die gesamte zerknitterte, zerzauste Gestalt Forcios schimmerte ein alter Ritter hindurch, der zum Wrack verkommen war. Aber noch hielt er sich aufrecht und betonte ganz besonders fleißig, sowohl in seinen Gesten als auch mit anderen Mitteln, seine Abstammung von den alten Trägern des Kreuzes.

Man sagte, es sei wahr, seine Ahnen seien tatsächlich einst tapfer, reich und edel gewesen, und sogar heute spielten seine nächsten Verwandten nicht die letzte Geige in irgendeiner großen Hauptstadt. Man munkelte außerdem, dass diese Verwandten ihm eine kleine Rente zukommen ließen, um sich der Besuche des sie kompromittierenden Säuferonkels zu entledigen. Als Gegenleistung durfte er sich in größeren Städten nicht blicken lassen und musste sich mit irgendeinem abgelegenen Nest bescheiden. Ebendiese Umstände hatten ihn in dieses stille Städtchen geführt. In den Tiefen seiner Seele war er aufrichtig empört und beleidigt ob dieser Situation, doch immerhin gab ihm die Rente die Möglichkeit, nichts tun zu müssen und immer Wein zu haben; so fügte er sich in die Umstände. Als Forcio damals ins Städtchen gekommen war, hatte er sich um ein gewisses Ansehen bemüht. Er stattete der Stadtobrigkeit mehrere Visiten ab, erwähnte seine Herkunft und ließ auch ein paar Worte über die hauptstädtische Verwandtschaft fallen. Man behandelte ihn mit Respekt und drückte sogar ein Auge bezüglich des Umstands zu, dass seine Kleidung und seine armselige Behausung nicht ganz dem Rang entsprachen, von dem er erzählte. Als aber das Stadtoberhaupt ihm die Gegenvisite abstattete, fand er ihn in einem nicht gänzlich nüchternen Zustand vor, und eine Woche später kam es sogar so weit, dass Forcio aus einer Gosse geholfen werden musste. So wurden seine Kleidung, seine Behausung und der Grund seines Auftauchens in der Stadt – all diese Dinge wurden zum Gegenstand von Gerede und Gerüchten. Einige weitere Skandale und eine mit der Flasche zerschlagene Fensterscheibe führten dazu, dass die bessere Gesellschaft ihm endgültig den Rücken kehrte. Die letzte Stufe seines Verfalls war nun die Freundschaft mit dem Zahnarzt.

Der Dentist gab in der Tat eine ziemlich düstere Gestalt ab. Wie und woher er kam, wusste niemand. Kaum konnte so einer eine medizinische Ausbildung genossen haben. Obwohl er durchaus alle zahnärztlichen Instrumente besaß, war das Resultat seiner winzigen Praxis kläglich. Eine Reihe von Knochenhautentzündungen, etwa zehn Blutvergiftungen und wahrscheinlich mehr als ein Sterbefall hafteten an seinen unsauberen Fingern. Zu ihm in Behandlung kamen nur die untersten Schichten und auch diese nicht öfter als dreimal im Monat. Zwischen dem eingesalbten Zahnfleisch und dem gezogenen Zahn scheute er sich nicht, den Nachbarskaufmann mit der

Schneiderin zu verkuppeln und irgendein pornographisches Dingelchen weiterzuverkaufen.

Der Wein, die Einsamkeit und die enge Nachbarschaft brachten ihn schließlich mit Forcio della Furcia zusammen. Der Dentist, der doch keineswegs ohne Talent war, bewies dem alten Adelsspross mit außerordentlicher Überzeugungskraft, dass seine eigenen Vorfahren, wenn auch nur über drei Ecken mütterlicherseits, über den Anspruch auf eine gräfliche Krone verfügten, welche sie aufgrund politischer Fehltritte verloren hatten. Forcio hatte so die Möglichkeit, in ihm einen Bruder im Schicksal zu sehen. Und schon weil die aristokratische Herkunft des Dentisten von nicht ganz reiner Quelle war, war dieser keineswegs darauf bedacht, Forcio dessen führende Stellung streitig zu machen. Im Gegenteil, immer betonte er die Überlegenheit Forcios als direkter Nachfahre, was dessen blauem Blut selbstverständlich überaus schmeichelte. Forcio empfing ihn mit den liebenswürdigen Gesten eines alten Feudalherrn, bewirtete ihn mit Wein, und die Zeit verging in Gesprächen über den Glanz der Großväter, über die Kreuzzüge und über die Grobheit der modernen, übersättigten Gesellschaft. Bis eine neue Leidenschaft sie noch stärker verband und dazu führte, dass eine weitere Person ihre Zweisamkeit erweiterte: der Abt.

III

»Setzen Sie sich, lieber Herr Abt, hier ist ein Sessel. Er ist ziemlich bequem, obwohl schon etwas löchrig. Mein mittelalterlicher Samt ist längst einem aufgedunsenen Plebejer verkauft worden«, seufzte Forcio della Furcia und verbreitete einen starken Madeirageruch.

»Ihr Sessel ist auch ohne den Samt bequem«, sagte der Abt und setzte sich hin.

»Ein halbes Glas Wein?«, fragte Forcio und öffnete das Büfett.

»Oh nein«, wehrte der Abt ab. »Meine Wünsche gehen in eine ganz andere Richtung.«

»Aber Sie, Herr Doktor, erweisen Sie mir die Ehre?«

»Ich danke Ihnen, mein edler Herr. Ich komme gerade aus der Praxis und erlaube mir, meine Müdigkeit etwas zu lindern.«

Aus diesen Worten hörte man einen nachlässigen Stolz heraus, den Stolz eines Arztes, der dreimal im Monat praktizierte. Aber dennoch, er hatte gerade ein Menschenleben gerettet. Deshalb fügte der Abt hinzu: »Heute war unser Doktor auf der Höhe. Meine Dienste wurden nicht gebraucht.«

»Oh!«, sagte der alte Ritter und wischte seinen von Madeirawein getränkten Schnurrbart ab. Der Dentist fühlte sich durch den Kommentar des Abts außerordentlich geschmeichelt. »Entschiedenheit und Schnelligkeit – das sind die Prinzipien meiner Schule«, sagte er schwungvoll. »Es sind auch die Prinzipien meines Wappens«, fügte

Forcio della Furcia hinzu. »Das Prinzip ist schön, obwohl es nicht immer zum Erfolg führt.«

»Und trotzdem trinken wir darauf«, antwortete der Dentist, schluckte den Madeirawein hinunter, und als er dessen liebkosende Wärme im Bauch verspürte, zwinkerte er dem Abt zu: »Dort, in der Abstellkammer...« Forcio lachte schallend auf.

»Unser verehrter Freund weiß schon Bescheid?«

»Aber natürlich«, antwortete der Abt, »nur die Ungeduld zwang mich, so ungebührlich spät an Ihre Tür zu klopfen.«

»Und von dem Ventil haben Sie auch schon gehört?« Forcio konnte sich kaum noch zurückhalten.

»Ich habe meinen Ohren nicht getraut«, sagte der Abt.

»Ein entzückendes Ventil!« Der Dentist sprang auf. Und alle drei begaben sich zu der winzigen Tür. Forcio holte einen großen Schlüssel heraus und steckte ihn ins Schloss.

»Ein hinreißendes Ventil«, sagte er versonnen und öffnete die Tür. Aus der Abstellkammer kam ein Geruch von Schimmel und Weinspiritus, und neben den großväterlichen Waffen lag ein großer Sack mit Zwiebeln, den er einst im betrunkenen Zustand auf dem Markt gekauft hatte und dessen Aroma so stark war, dass der Abt hustend zurückweichen musste.

»Wohin gehen Sie?«, fragte der Zahnarzt, doch inzwischen tauchte Forcio aus der dunklen Kammer wieder auf.

»Hier ist es«, sagte er und brachte einen langen braunen Gegenstand. Der Abt streckte dem Gegenstand entzückt die Hände entgegen.

»Und diese Farbe, die Farbe allein ist ja schon großartig!«, sprach der Dentist mit zittriger Stimme und streckte ebenfalls die Hände aus: »Tiefes Schwarzbraun, edel...« Der Abt nahm den langen Gegenstand vorsichtig in die Hand und betrachtete ihn mit einem zärtlichen Lächeln.

»Ja«, sagte er in nachdenkliche Betrachtung versunken, »nun haben wir es einmal mit einem wirklich edlen Stück zu tun!«

Forcio griff nach einem gekrümmten Röhrchen mit einer roten Spitze und befestigte es in der Mitte des dunklen Gegenstandes. Der Abt ließ den Gegenstand nicht aus den Händen. Der Dentist stützte, obwohl ohne besondere Notwendigkeit, den Gegenstand zusätzlich mit der Hand.

»Erlauben Sie, ich spiele einen Ton«, sagte Forcio und nahm dem Abt das Instrument aus der Hand. Er rückte den Gegenstand zurecht, steckte das Röhrchen mit der roten Spitze in den Mund und blähte die Wangen auf. Der Abt und der Doktor konnten den Blick nicht abwenden, waren nur noch Auge und Ohr. Forcio holte tief Luft und setzte zur tiefsten Note an. Zunächst kam ein Zischen heraus, danach ein tiefer, kehliger Laut. Der Dentist, ganz blass, ergriff begeistert die Hand des Abts.

»Das Ventil...«, flüsterte er.

»Ja, das Ventil«, sagte der Nachfahre der Kreuzritter mit dem Ausdruck tiefster Befriedigung, indem er das Rohr wieder aus dem Mund nahm, »ja, Freunde, dies ist das Ventil, welches uns immer gefehlt hat. Dies ist das tiefe B.«

»Erlauben Sie mir, das B zu spielen!« Der Dentist konnte sich nicht mehr zurückhalten und griff nach dem Instrument. Aber Forcio hielt ihn zurück.

»Gestatten Sie, zuerst spiele ich es noch einmal«, sagte er und nahm das Röhrchen in den Mund. Der Doktor und der Abt erstarrten wieder in Ergriffenheit. Der Abt neigte sich sogar mit einem Ohr nach vorne und hob den Zeigefinger. Das Zischen ertönte und in diesem Zischen – der kehlige, gedämpfte Bass: Forcio traf noch einmal das B.

»Entzückend!«, schrien beide, der Abt und der Dentist, gleichzeitig auf. Ihre Augen leuchteten. Nun reichte Forcio das Instrument dem Doktor. Dieser riss es leidenschaftlich an sich, biss sich wie ein wildes Tier an dem Röhrchen fest, und eine laute Passage rollte von ganz unten bis ganz nach oben und dann wieder zurück, von ganz oben bis nach ganz unten.

»Ach, was für ein Klang! Was für ein voll klingendes, wunderbares Timbre!«, sagte der Abt verzückt. Er streckte dem Dentisten unsicher die Hände entgegen und fügte bescheiden hinzu: »Herr Doktor... ich würde auch sehr gerne einen Ton spielen...«

»Ich bitte darum!«, antwortete dieser galant, indem er das edle Instrument dem Abt übergab. Inzwischen hatte Forcio della Furcia ein anderes Instrument herausgeholt – auch ein Fagott, ein altes, das vor dem Erscheinen des heutigen Exemplars in Gebrauch gewesen war – und begann, ein nachdenkliches Motiv zu spielen.

»Wissen Sie«, er hielt inne, »der Doktor transponiert schon etwas für uns drei. So können wir noch in diesen Tagen zusammen spielen.«

»Ich transponiere das Lied, welches gerade der Ritter spielte«, erklärte der Arzt, »und dazu noch einen Psalm.«

»Einen Psalm?«, wunderte sich der Abt. Forcio lachte und spielte eine schnelle Passage. »Der Doktor war ein einziges Mal in Ihrer Kirche«, sagte er, »nämlich letzten Sonntag, aber er hat sich den Psalm gemerkt, der gespielt wurde, und nun schreibt er ihn für uns um.«

»Diesen hier«, rief der Arzt munter aus, und nachdem er das kostbare Fagott aus den Händen des Abts genommen hatte, spielte er ein langsames Motiv.

»Ach, ist das schön!«, sagte der Abt. »Was sind Sie für ein Talent, mein lieber Doktor!« Im Gesicht des Arztes breitete sich in kleinen Fältchen ein glückliches Lächeln aus.

»Ich trage Ihnen mein Konzert vor!«, sagte der Doktor und legte sich ein Band mit einem Haken um den Hals. Das Instrument war ziemlich schwer, und damit die Finger nicht mit Gewicht belastet wurden und sich freier bewegen konnten, wurde es mit einer besonderen Schnur um den Hals gehängt. Immerhin mussten die Finger ein ganzes System von Löchern und Ventilen bearbeiten, ganz zu schweigen von dem berühmten Ventil, das den Doktor in diese maßlose Euphorie versetzt hatte.

Der Abt und Forcio machten es sich mit offensichtlicher Vorfreude in den Sesseln bequem, und der Doktor begann.

Sein ganzer Leib war plötzlich gespannt wie ein Bogen, durch die Adern an den Schläfen pochte das Blut, die Augen röteten sich – ein feiner hoher Laut drang mit durchdringender Kraft durch das Rohr des Fagotts nach außen. Der Laut war langgezogen, etwas heiser, gedämpft, und mit seiner Spannung erzeugte er einen unbeschreiblichen Eindruck. Ohne eine Pause folgte ihm sogleich ein anderer Laut, noch intensiver, noch höher, und ihm hinterher noch einer – der höchste, der äußerste, ein dermaßen gedämpfter, dass er fast unwirklich, sogar falsch wirkte.

»Ach!«, stöhnte der Abt wollüstig und wurde verlegen, aus Angst, den Künstler zu stören.

Doch dieser kam bereits von den oberen Lauten herunter, auf die gewöhnlicheren, die einfacher zu spielen waren, und trug mit deren Hilfe eine selbst komponierte Melodie vor. Die Melodie begann mit der Zeit einen immer lebhafteren Charakter anzunehmen, mal ins obere, mal ins untere Register wechselnd, und vervollkommnete sich schließlich in einer schnellen, virtuosen Passage, die mit Rundungen, Kurven und Rückläufen spiralartig von ganz oben zum tiefsten Bass hinunterrollte. In diesem Bass hörte man das Halsgurgeln, das Magenknurren und das Lachen eines angetrunkenen Greises. Und als Abschluss der wilden Passage quäkte mit seinem kehligen Quak stark röchelnd das berühmte Ventil das fette B. Mit einem Mal sichtlich unersättlich, wiederholte er die Passage wieder und wieder, das berauschende Röcheln des B genießend, und verlieh seinen Wiederholungen den Rhythmus eines Marsches.

»Ich kann nicht sitzen!!«, schrie Forcio ekstatisch, sprang von seinem Platz auf und stürzte zu dem Musiker hin, um ihn begeistert zu umarmen. Der Abt hielt den Ritter am Rockschoß fest: »Um Gottes willen... Es wird ja noch weitergehen!« Aber der Dentist legte das Fagott bereits ab, hielt seine Wangen jeweils für einen Kuss hin und sagte erschöpft: »Nein... Heute wird es nicht weitergehen... Ich bin zu müde. Ich bin nicht daran gewöhnt, dieses Instrument zu spielen.« Der Abt und della Furcia hielten seine beiden Hände und bedankten sich lauthals bei ihm für den Genuss. In der kleinen Kammer herrschte eine gehobene Stimmung – wenn man eine kreative Ekstase so bezeichnen kann. Anschließend blickte der Abt auf die Uhr, staunte, und nachdem er sich hastig verabschiedet hatte, ging er mit großen Schritten nach Hause.

IV

Das Haus des Stadtoberhauptes lag mitten im Stadtzentrum, es war geräumig und bequem und der Hausherr freundlich und gutmütig. Ein wahrer Genuss, bei diesem ehrwürdigen Mann zu Mittag zu speisen: ein kleiner Kreis ehrenwerter Menschen, dazu ein paar Flaschen guten Weins, um dann auf einer mit viel Grün bepflanzten Terrasse in tiefen kunstledernen Sesseln zu sitzen und zu plaudern, neben sich, auf dem kleinen, zu jedem Sessel sorgsam herangerückten Tischchen, eine Tasse duftenden türkischen Kaffees. So war es auch heute: Man versammelte sich, aß zu Mittag, trank ein paar Gläser, machte es sich in den Sesseln bequem, zündete die Zigarren an, begann sanft zu verdauen, indem man Magensaft absonderte, Kaffee schlürfte und den Likör hinunterschluckte. Diesmal waren es etwas mehr Gäste als gewöhnlich, die Liköre vielfältiger und die Gespräche lebhafter: Heute war der Geburtstag des Stadtoberhauptes.

»Und zu all diesen angenehmen Sachen muss ich Ihnen eine unangenehme mitteilen«, sagte ein Herr mit blauer Brille, »der Alte hat sich heute davongemacht...«

»Ist er etwa gestorben?«, fragte der ehrenwerte Bürger und wischte sich die Lippen mit einer Spitzenserviette ab.

»Um zwei Uhr in der Nacht. Man stelle sich vor: Diese Unmenschen ließen ihn zur Ader mit einem schmutzigen Küchenmesser! Mit demselben Messer, mit dem man gerade rohes Fleisch geschnitten hatte. Kein Wunder, dass eine üppige Blutvergiftung an der Stelle des Schnittes aufblühte.«

»Und nach drei Tagen war er tot?«, fragte der ehrenwerte Bürger und legte die Spitzenserviette unter die Kaffeetasse.

»Und nach drei Tagen wurde er in den Himmel geholt.«

»Es ist abscheulich und schrecklich!«, sprach der Herr in der breiten weißen Weste und beugte sich in seinem Sessel vor. »Und Sie sind sicher, dass er ihn tatsächlich mit dem Messer, von dem Sie sprachen, geschnitten hat?«

»Ich bitte Sie!«, rief er aus. »Ich war selbst bei diesem skandalösen Eingriff zugegen. Ich habe ja den Alten behandelt und immer wieder gerettet, so gut ich konnte.

Aber als dieser Äskulap hereinstürmte, was – sagen Sie es mir – hätte ich da tun sollen? Hätte ich ihn den Alten nicht schneiden lassen, hätte er mich geschnitten!«

»Was ist?« Das Stadtoberhaupt trat heran. »Etwa Unruhen?«

»Keine Unruhen, aber empörende Zustände, die zum Himmel schreien«, sagte die weiße Weste bekümmert.

»Ich werde diesen Schrei auffangen«, sagte das Stadtoberhaupt überzeugend.

»Fangen Sie ihn auf, fangen Sie ihn mit beiden Händen auf!«, rief der Doktor mit der blauen Brille aus. »Als Gesundheitsbewahrer stehe ich hinter diesem Schrei. Dies ist nun schon das vierte Grab, welches der dreckige Zahnklempner schaufelt. Es ist an der Zeit, die armen Einwohner zu schützen. So wird ja die ganze Stadt aussterben!«

»Ach!«, sagte der ehrenwerte Bürger und verschluckte sich an dem Kaffee. »Tatsächlich das vierte? Aber niemand ist doch beim Dentisten in Behandlung. Ich wundere mich, woher er mit dem Küchenmesser kam… Die ganze Stadt verachtet ihn!«

»Ich glaube…«, setzte der Doktor an, wurde jedoch von einem kleinen Alten hämorrhoidalen Aussehens unterbrochen. Und als dieser zu sprechen begann, ließen alle beklommen den Kopf hängen.

»Leider nicht alle. Leider nicht alle«, sagte der Alte mit knarrendem Tenor. »Ich sage, leider wird er nicht von allen verachtet. Es gibt Menschen, die mit ihm verkehren, und es gibt Menschen, für die es besser wäre, nicht mit ihm zu verkehren!«

Der hämorrhoidale Alte war ein besonders geachteter ehrenwerter Bürger. Wenn es in der Stadt mehrere geachtete ehrenwerte Bürger gab, war einer von ihnen der am meisten geachtete, und deshalb wurden alle sofort still, als er zu sprechen begann.

»Meinen Sie diesen Trunkenbold Forcio?«, fragte das Stadtoberhaupt und runzelte die Stirn.

»Forcio?«, wunderte sich der Alte. »Ich bin gar nicht fähig, über solche Menschen zu sprechen! Sie sind außerhalb meiner Sichtweite. Aber, meine lieben Freunde, mit diesem verfluchten Dentisten ließ sich ein Mann ein, der die Stadt mit Beispielen der Moral und der Reinheit schmücken sollte. Ich will nicht und wage es nicht, seinen Namen zu nennen...«

»Leider weiß ich, von wem Sie sprechen«, sagte ein bedeutender Heringshändler, reckte seinen Hals in die Mitte der Runde und sprach flüsternd einen gewissen Namen aus.

»Ich versichere Ihnen, das ist ein Missverständnis!«, sagte beinahe flehentlich der ehrenwerte Bürger, der mit dem Abt Mitleid hatte. »Es kann absolut nicht sein!«

»Was heißt das, es kann nicht sein? Es ist aber!«, sagte ein anderer gewichtig. »Es war, es ist, und es wird sein. Es wird unumgänglich so sein, wenn wir nicht gewisse Maßnahmen gegen das zersetzende Böse ergreifen.«

»Der Abt und dieser dreckige Mensch! Was für ein erbauliches Paar!«, deklamierte die weiße Weste pathetisch.

»Ach, meine Freunde! Sie sind zu hitzig«, rief der

ehrenwerte Bürger aufgeregt, der den Abt sehr bemitleidete.

»Die hässlichen Fakten machen uns hitzig«, sagte das Stadtoberhaupt in edler Entrüstung.

Der ehrenwerte Bürger wollte widersprechen, aber der Kaffee kam ihm in den falschen Hals, schrecklicher Husten schüttelte ihn, und alle waren für eine Minute still. Die Frau des Stadtoberhauptes trat besorgt auf ihn zu und wollte ihm auf den Rücken klopfen. »Nicht dass Sie sich noch übergeben müssen, so kurz nach dem Mittagessen!«, sagte sie.

»Das wird schon wieder«, sagte das Oberhaupt, »geh beiseite, dies sind keine Frauengespräche.« An ihrer Stelle tauchte ein neuer Gast auf, der gerade angekommen war. Er grüßte und sagte:……………………
……………………
……………………
……………………*

---

* Die Erzählung ist im Original unvollendet.

Sie lagen
im Rauchsalon

Sie lagen im Rauchsalon auf breiten ledernen Sofas, der eine in einer Ecke, der andere in der anderen. Still und schweigsam stieg der aromatische Rauch aus ihren Pfeifen auf. Beide waren konzentriert, denn es war ein Ausdauerwettkampf im Gange.

»Es ist«, sagte schließlich der eine von ihnen in einem etwas säuerlichen Ton, »natürlich sehr bedauerlich, aber ich muss Ihnen mitteilen, dass meine Pfeife ausgegangen ist.«

Mit diesen Worten richtete er sich auf seinem Sofa auf. Sein Freund streckte sich, blies demonstrativ einen Rauchschwaden aus und lachte, die Pfeife weiterhin zwischen den Zähnen haltend.

»Auch ich bedauere zutiefst, dass es dazu gekommen ist«, sagte er, »aber da ist nichts zu machen. Geben Sie mir meine Dreitausend, und ich verspreche, Ihnen Revanche zu geben.«

Und nachdem er einen weiteren Rauchschwaden hatte aufsteigen lassen, fügte er nicht ohne Boshaftigkeit hinzu:

»Natürlich nach einer gewissen Zeit. Wenn Sie noch ein wenig trainiert haben.«

Der Besitzer der erloschenen Pfeife überhörte diese Stichelei, schaute auf die Uhr und sagte: »Der Zeit nach habe ich mich nicht übel gehalten. Aber natürlich genügt es nicht. Wäre ich in ruhigerer Verfassung, hätte ich mindestens eine Minute länger geraucht.« Er ging zum Tisch, auf dem eine kleine Waage stand, und begann, die Asche aus der Pfeife zu klopfen. Auf dieser Waage war der Tabak vor dem Wettkampf bis auf ein Zehntelgramm genau abgemessen worden.

»Ruhigere Verfassung?«, fragte der andere nach und zog, ganz im Genuss seines Sieges, ironisch die Oberlippe hoch. »Rauchen Sie etwa außerhalb des Wettkampfes ruhiger?«

»Innerhalb eines Wettkampfes gleichermaßen wie außerhalb. Jetzt jedoch erschien mir die ganze Zeit mitten im Rauch das Gesicht Adeles.«

»Adele? Sie ist eine sehr schöne Frau«, sagte der andere immer noch mit dem Ton des Siegers, obgleich das Gespräch sich bereits außerhalb der Wettkampfsphäre bewegte. »Wurden Sie etwa schon von ihren magnetischen Fäden umgarnt?«

»Die Fäden sind umso stärker, als sie wahrscheinlich ziemlich hoffnungslos sind«, antwortete der Besiegte, steckte die Pfeife in die Tasche und streckte sich wieder auf seinem Sofa aus.

»Ihre Bescheidenheit ist lobenswert, aber nicht zu billigen«, antwortete der andere und fügte hinzu: »Nun ist auch meine erloschen. Ich habe Sie um zwei Minuten geschlagen. Wenn ich jedoch besonnener geraucht hätte, nachdem Sie sich geschlagen geben mussten, hätte ich noch weitere zwei durchgehalten, glaube ich. Insgesamt also vier.«

Der andere aber interessierte sich nicht mehr für die Umstände des Wettkampfes. Er war immer noch bei der Adele-Frage.

»Es geht hier nicht um Bescheidenheit«, sagte er jetzt, »sondern um den gesunden Blick auf die Sachlage. Ich bin schlicht und ergreifend viel zu spät auf der Bildfläche erschienen, und Adele ist bereits vergeben.«

»Vergessen Sie nicht zu erwähnen, dass sie doppelt vergeben ist«, lächelte der Freund.

»Sie haben absolut Recht. Beim Mittagessen sitzt einer rechts, der andere links. Nach dem Mittagessen: einer links, der andere rechts. Und von beiden gemeinsam wird sie nach Hause begleitet.«

»Sie dürfen aber nicht aufgeben. Wenn zwei sich streiten, freut sich meistens der Dritte.«

»Wenn die Beute leblos ist, vielleicht. Wenn sie aber so lebhaft und dazu noch so leidenschaftlich ist wie Adele – und von beiden gleichermaßen hingerissen –, weiß man in einem solchen Fall als Dritter nicht, wo man anfangen soll.«

Mechanisch holte er seine besiegte Pfeife heraus und begann, sie wieder zu stopfen. »Wissen Sie«, fuhr er fort, während er mit seinen Fingern den edlen Tabak stopfte, »im gegebenen Fall bin ich nicht nur viel zu spät erschienen, sondern auch noch auf starke Konkurrenten gestoßen. Der Anwalt ist zweifellos ein glänzender Causeur, sieht überaus ansprechend aus, trägt tadellos seinen Frack, und wenn er redet, ist die Gestik seiner Hände sehr plastisch. Der andere ist auch ein ziemlich rassiges Exemplar und schreibt träumerische Gedichte – genau das, was Frauen brauchen.«

»Vergessen Sie nicht, dass auch Sie ein überaus ansprechender Mann sind«, antwortete der Freund, »anstelle von Gedichten haben Sie Geld – und, wenn Sie gestatten, gar nicht wenig. Frauen lieben das durchaus auch.«

»Ich danke für das liebenswürdige Kompliment. Jedoch spielt mein Geld in diesem Fall wohl keine große Rolle. Adele gehört nicht zu den Frauen, die sich von Geld blenden lassen. Sie selbst ist reich genug, um sich nicht für meine Millionen zu interessieren, sie zumindest für eine zweitrangige Qualität zu halten.«

Der Freund lächelte gönnerhaft und begann nun auch, seine Pfeife wieder zu stopfen. »Ach, mein Lieber, Sie wissen Ihre Waffen noch nicht richtig einzusetzen. Natürlich kann man die eine Frau kaufen und die andere nicht so ohne weiteres. Doch wenn man den Reichtum mit einer gewissen Geschicklichkeit kombiniert, dann erhält man am Ende immer seinen Preis. Und Sie, mein Herr, haben einfach noch nicht gelernt, über Ihr Erbe zu verfügen. Sagen Sie zum Beispiel, wie viel hat Ihnen Ihr Vater im Jahr gegeben?«

»Vierundzwanzig.«

»Und was haben Sie heute?«

»Ich weiß nicht. Viel.«

»Sehen Sie. Und Sie benehmen sich, als lebten Sie weiterhin von zweitausend im Monat.«

Er zündete die Pfeife an, setzte sich auf und fuhr fort: »Gesetzt den Fall, Adele schaute tatsächlich nicht auf Ihre Millionen. Das ist gut so. Das ist sogar sehr gut so. Es ist überaus angenehm, mit einer Frau zu tun zu haben, die nicht auf die Millionen schaut. Aber die beiden Hengste, die ihr gerade den Kopf verdrehen, die werden womöglich darauf schauen.«

»Hm...«, sagte der Millionär, »die beiden wollen mich lieber heute als morgen abschütteln. Besonders der Anwalt.«

»Ach was, Sie lassen sich einfach nicht abschütteln. Im Gegenteil. Stimmt es, dass Sie ein Anwesen irgendwo in Südafrika haben?«

»Nein, das stimmt nicht. Ich habe Häuser in Australien.«

»Woher kommen die?«

»Weiß der Teufel. Ich glaube, jemand hat sie beim Kartenspiel an meinen Vater verloren.«

»Schieben Sie Ihre Rivalen doch einfach nach Australien ab. Und wenn die Sache geritzt ist, gebe ich Ihnen Ihre Revanche. Solange Sie auf Adele eifersüchtig sind, können Sie nicht in Ruhe rauchen, und deshalb halte ich es für ehrenrührig, mit Ihnen erneut in einen Wettkampf zu treten.« Er stand auf und streckte die Hand aus. »Leben Sie wohl. Ich wünsche Ihnen viel Erfolg.«

Der verliebte Millionär blieb allein zurück. Er streckte

sich auf dem Sofa aus und blies eine dichte Rauchwolke aus. Das Gesicht Adeles lächelte.

 …………………
 …………………
 …………………*

---

* Die Erzählung ist im Original unvollendet.

Wissen Sie, wann ...

»Wissen Sie, wann das Schiff nach Afrika geht?«, fragte der Elefant.

»Morgen früh«, sagte der Schauspieler, immer noch ungläubig.

»Das ist gut«, sagte der Elefant. »Solange alle schlafen, kann ich mich davonmachen, und vielleicht gelingt es mir, an Bord zu kommen.«

»Haben Sie vor, durch die Stadt zu gehen?«, fragte der Mann gequält.

»Ja, was denn sonst?«

»Aber das geht doch nicht. Jeder würde Sie dort erkennen. Man würde Sie sofort zurück in die Tierschau bringen.«

»Ja, das ist gut möglich«, stimmte der Elefant traurig zu, »offensichtlich ist so die Lage, da kann man nichts machen.«

Einige Minuten standen beide schweigend da.

»Leben Sie wohl«, sagte der Elefant knapp. Und er verschwand in der Dunkelheit.

....
..................*

Der Elefant streckte ihm seinen langen alten Rüssel, um eine Orange bittend, entgegen, vertrauensvoll und einfältig streckte der Elefant diesen Rüssel aus. Den Schauspieler packte die kalte Wut.

»Mistkerl!«, schrie er mit unbeschreiblicher Entrüstung und spuckte auf den Rüssel. Wie der Elefant darauf reagierte, sah er nicht, denn er hatte sich unverzüglich vom Käfig weggedreht und ging, das Publikum entnervt beiseiteschubsend, hinaus auf die Straße.

....
..................**

---

* Hier weist der Text im Original eine Lücke auf.
** Die Erzählung ist unvollendet.

Nachwort

Meine erste Bekanntschaft mit Russland machte ich, so wie man es sich vorstellt, im tief verschneiten und eiskalten Dezember 1995 in St. Petersburg, wo ich in der prachtvollen Smolny-Kathedrale ein Konzert gab. Dieser Konzerteinladung folgten weitere, vorwiegend nach Moskau, wo ich dann an Orten wie dem beeindruckend stalinistischen *Zentralen Haus des Komponisten*, dem *Dom Kompositora*, oder im Rahmen des Festivals *Moskauer Herbst* gastierte.

Die Aufenthalte in Moskau bescherten mir wunderbare Bekanntschaften, von denen mir eine die Tür zu Sergej Eisensteins Wohnung öffnete, die, in ihrem ursprünglichen Zustand belassen, heute als Museum des großen Filmemachers dient. Üblicherweise muss man sich zu einem Besuch anmelden, erhält einen Termin und darf dann in Begleitung von Sicherheitspersonal die Wohnung betreten. Mein glücklicher Kontakt ermöglichte mir aber freien Zugang, und da meine Freunde meine Vorliebe für dieses sehenswerte Domizil bemerkt hatten, verbrachten wir dort die Abende nach meinen Auftritten. An einem solchen Abend entdeckte ich in Eisensteins Bücherregalen eine vergilbte Musikzeitschrift aus Sowjetzeiten, deren aufgeschlagene Seiten mich stutzig machten. Auf meine Nachfrage hin bestätigte man mir, dass es sich tatsächlich um drei kurze Erzählungen aus der Feder Sergej Prokofjevs handelte. Da diesen eine enge Freundschaft mit Eisenstein verband, sie hatten an gemeinsamen Filmprojekten gearbeitet, war es nicht verwunderlich, hier Spuren seiner Arbeit zu finden. Mich überraschte aber die Tatsache völlig, dass Prokofjev auch schriftstellerischen Neigungen nachgegangen war, davon hatte ich nichts gewusst.

Nach meiner Rückkehr, die Lektüre der drei Texte hatte mich nachhaltig beeindruckt, setzte ich mich mit Oleg Prokofjev, dem Sohn des Komponisten, in Verbindung, der mich in meinem Bemühen ermutigte, die Erzählungen in deutscher Sprache herauszubringen. Er berichtete mir von acht Geschichten, die bis dato bekannt waren, fünf davon – teils als Fragment – waren zusammen mit seinem *Sowjetischen Tagebuch* in England erschienen. Heute wissen wir von insgesamt elf Erzählungen, von denen einige leider unvollständig sind. Manche davon sind Notizen und Gedanken, die Prokofjev nie ausgearbeitet hat.

Diese Geschichten begann ich nun ins Deutsche zu übersetzen, aus dem Bedürfnis heraus, mich mit dem Werk des Komponisten eingehend zu befassen, dem ich mich über mein Instrument nicht nähern konnte, da er nicht eine einzige Note für die Konzertgitarre geschrieben hat. Interessanterweise berichtet Prokofjev in seinem Tagebuch von einer Begegnung mit dem Vater aller Konzertgitarristen, Andrés Segovia, während einer Bahnfahrt von Kiew nach Moskau im Frühjahr 1927. Sie teilten das Abteil, unterhielten sich angeregt, aßen gemeinsam im Speisewaggon Hühnchen und trennten sich dann bei der Ankunft in Moskau. Prokofjev war ein aufgeschlossener, neugieriger Geist, Segovia immer interessiert, Komponisten für sein Instrument zu gewinnen. Es hätte für ihn auf der Hand liegen müssen, diese Bekanntschaft weiterzuführen, nicht zuletzt, um den großen Komponisten zu einer Sonate, vielleicht sogar einem Konzert für Gitarre anzuregen. Von einer Fortführung der Bekanntschaft ist aber nicht die Rede, aus welchen Gründen, ist nicht bekannt. Uns bleibt nur die bedauernswerte Erkenntnis, dass diese Begegnung nicht ihre Erfüllung in einer künstlerischen Zusammenarbeit gefunden hat.

Ein ausgeprägtes Interesse an Literatur hat Sergej Prokofjev zeit seines Lebens begleitet. Schon als Jugendlicher behauptete er: »Wenn ich nicht Komponist werde, dann werde ich Schriftsteller.« Als Kind entwarf er eine Oper, *Der Riese*, zu der er auch sein erstes Libretto schrieb. Dieses Bedürfnis, neben der Musik auch die dazugehörigen Worte zu gestalten, währte zeit seines Lebens. So verfasste er auch die Texte seiner großen und bekannten Werke überwiegend selbst. Aber nicht nur russische Literatur inspirierte ihn, ich meine, Einflüsse von Gogol, Tschechow und Dostojewski in seinen Geschichten zu erkennen, sondern auch Lewis Carroll zum Beispiel, wie in der *Alice im Wunderland* nachempfundenen Geschichte *Das Märchen vom Fliegenpilz*. Selbst in seinen späten Jahren in der Sowjetunion hielt er noch an dem Plan fest, Margaret Mitchells Romanvorlage *Vom Winde verweht* als Oper zu bearbeiten.

Die Entstehungszeit der vorliegenden Erzählungen – 1917 bis 1921 – fällt in eine Epoche des Umbruchs, der Veränderung, sowohl in zeitgeschichtlicher Hinsicht als auch in der Vita Prokofjevs. Während des Studiums in St. Petersburg hatte er sich den Ruf eines revolutionären Komponisten erworben, nun nach dem Examen suchte er Inspiration bei großen, zeitlosen Themen und Stoffen. Statt an den richtungsweisenden Umbrüchen mitzuwirken, konzentrierte er sich auf Historie: »Jetzt, da sich Russland bis auf die Grundfesten verändert und erneuert, fühle ich mich zu alten Themen hingezogen«, schreibt er in sein Tagebuch. Er komponierte eine Sinfonie nach Joseph Haydn (*Klassische Sinfonie*), die *Skythische Suite* nach alten russischen Themen sowie einen Choral nach einer gerade entzifferten chaldäischen Inschrift (*Sieben, es sind sieben*). Seinen ironischen und spöttischen Blick auf politische Autoritäten sowie die Hautevolee bewahrte er sich, sowohl in seinen Musikdramen als auch hier in den Geschichten. Er verließ St. Petersburg im Mai 1918, nicht aus politischen Erwägungen, sondern um »nach all der intensiven Arbeit etwas frische Luft zu atmen«, und machte sich auf nach Amerika.

Ein ausgeprägter Sinn für Musikalität und der erfahrene Umgang mit Kompositionstechniken prägen Prokofjevs

Erzählungen. Die Art und Weise, wie ein literarisches Motiv wiederholt und variiert wird, erinnert an musikalische Motivanwendung. In *Der wandernde Turm* wird Marcel Vautour anfangs von den Gelehrten nachgesagt, er schwebe etwas über den Wolken. Diese Bemerkung tritt beim ersten Mal undifferenziert auf, bei seiner Wiederholung klingt das Motiv dann klar und rein, um schließlich bei seinem dritten Erscheinen durch Hinzufügung eines Nebensatzes *con variazione* ausgereizt zu werden. Danach ist das Motiv verbraucht und erscheint nicht wieder. Jetzt kommt das zweite Motiv, Vautour gleiche einem Koffer, dem man die Geige entnommen habe. Auch hier dreimal, am Ende mittels eines Nebensatzes wieder *con variazione*. Dies ist, kunstvoll angewendet, ein klassischer Kompositionsgriff, der zwei Motive sich spielerisch verstärken lässt und so die Geschichte auf das nötige Tempo bringt. Die Analyse ließe sich fortsetzen.

Verspieltheit und Ironie führen Prokofjevs Feder. Auffallend sind die teilweise unlogischen Erzählstränge der Geschichten. In den *Zwei Grafen* werden Dieben die Hände abgehackt; das an die Scharia gemahnende Strafmaß lässt den Handlungsort im islamischen Kulturkreis vermuten. Aber dann treten Grafen auf, und der Bischof wird als oberste Instanz angemahnt. Das passt eigentlich nicht.

In *Der wandernde Turm* verschieben sich auch zuweilen die Bilder, so fährt Vautours Seele in den Eiffelturm hinein, tritt wieder heraus, und am Ende scheint dann der ganze Vautour im Eiffelturm gewesen zu sein. Aber märchenhaft zu gestalten war Prokofjevs Anliegen, surreal, phantastisch zu erzählen entspricht eben genau der Theaterdoktrin Meyerholds, des großen Theatererneuerers, der ihn in dieser Zeit maßgeblich beeinflusste. Nach Meyerhold langweile Realismus im Theater nur, es sei der Hort der Illusion. Prokofjev hält sich in seinem musikalischen Werk daran, zum Beispiel in der Oper *Die Liebe zu den drei Orangen*. Es verwundert daher auch nicht, diesem Stilmittel in seinen literarischen Texten, die zur gleichen Zeit entstanden, zu begegnen.

Aufschlussreich für deren Inhalt und Form ist zweifellos auch der Hintergrund, vor dem die Erzählungen entstanden. *Der wandernde Turm* zum Beispiel wurde 1918 im Zug geschrieben, während der Reise von Petrograd, so hieß St. Petersburg zu der Zeit, nach Wladiwostok. Sergej Prokofjev sah sich Anfang des Jahres in Petrograd eingeschlossen, der Brester Waffenstillstand hatte sich als brüchig erwiesen, die deutschen Truppen unternahmen einen Vorstoß, und man befürchtete, die Stadt werde von den Deutschen eingenommen. Im Mai bestieg Prokofjev dann die Transsibirische Eisenbahn nach Wladiwostok, um von da aus über Japan nach Amerika zu reisen. Die Bahnfahrt dauerte damals achtzehn Tage – der Zug wurde beschossen, in Russland herrschte Bürgerkrieg, die Weißen gegen die Roten –, und als Reiselektüre hatte sich Prokofjev ein Buch über babylonische Ausgrabungen mitgenommen, das gewissermaßen die Folie bildet für die Erzählung *Der wandernde Turm*.

Hier schlägt die Weltgeschichte eine Kapriole. Ist die Geschichte eine Wendeltreppe, Prokofjevs General von Magenschmerzen ein tragikomischer Vorbote? Die Anlage der Figur verweist auf eine erstaunlich nachgiebige, ergo sympathische Art, mit der Erfahrung deutschen Militarismusses umzugehen. Prokofjev kam 1918 in Petrograd mit dem Schrecken davon. Seinen Studienkollegen Schostakowitsch erwischt es dann gute zwei Jahrzehnte später: Der zum Schmunzeln einladende General wurde zum eiskalten Horror, zum Inferno der Leningrader Blockade, die unter Granatenbeschuss entstandene 7. *Sinfonie* erzählt uns davon.

Und noch ein Detail: Ein Notizbuch wie jenes, welches Marcel Vautour schließlich zerreißt, um sich und dem Turm Frieden zu schenken, trug Prokofjev immer bei sich, stets bereit, Gedanken und Ideen zur späteren Bearbeitung festzuhalten. Artikuliert sich in Vautours Akt ein freudscher Sehnsuchtsgedanke, der Wunsch, die Last des permanenten Schöpfungsimpetus abzuschütteln?

Mehrere der Erzählungen entstanden auf Konzertreisen in Russland und Amerika in der Eisenbahn – *Missverständnisse kommen vor* zum Beispiel 1918 zwischen Wladiwostok und Kyoto, *Ultraviolette Freiheiten* 1919 auf dem Weg über Chicago nach New York –, und Prokofjev schrieb über die Eisenbahn. Wir wissen, dass er sie nicht nur, dem damaligen Zeitgeist gemäß, als Symbol technischen Fortschritts betrachtete und somit als Mittel der Weltverbesserung, sondern er muss sie als eine Art Talisman empfunden haben, als Symbol für seine Bestimmung als um die Welt reisender Komponist und Pianist. Kurzfristiges Hin und Her, abruptes Kommen und Gehen, ständige Grenzüberquerung empfand Sergej Prokofjev als Charakteristikum seiner Person und Unterscheidungsmerkmal gegenüber anderen. Damals war das ungeheuer neu: *Der Weg ist das Ziel* als Lebensgefühl.

Häufig geht es um Geld in Sergej Prokofjevs Geschichten. *Die zwei Grafen* zum Beispiel, geschrieben am 20. Oktober 1918 in New York City: Prokofjev hatte am Vortag aus Krankheitsgründen sein Pianistendebüt verschieben müssen, das nun erst am 29. Oktober im Brooklyn Museum stattfinden würde. So saß er im Hotel fest – und schrieb.

Dass Prokofjev in dieser Situation eine Geschichte übers Geldleihen und Schuldenmachen schreibt, führt die Leser zu der Tatsache, dass, hätte er sich nicht selbst Geld geliehen (nämlich auf dem Dampfer von Japan nach San Francisco), er in New York City nie angekommen wäre.

Dass sich ein Künstler Geld leiht, ist nichts Ungewöhnliches. Die meisten Großen sind finanziert worden. Schon immer. Ohne die Medici hätte es keinen Michelangelo gegeben. Das wusste auch Prokofjev. Aber wir sehen, Geld spielt dennoch eine merkwürdige Rolle bei ihm: Die zwei Grafen leihen es und verspielen es, die Herren im Pfeiferauchenausdauerwettbewerb reden lax über Millionen, der Großindustrielle Charles H. McIntosh möchte sich Ruhm und Ansehen erkaufen. Marcel Vautour, so wird uns mitgeteilt, kann seiner wissenschaftlichen Obsession frönen, weil er über das nötige Kleingeld verfügt. Sergej Prokofjev eigentlich auch. Zumindest verlebte er eine Kindheit in ausgesprochen begüterten Verhältnissen. Sein Vater, ein studierter Agrarökonom, verwaltete das Gut in Sonzowka in der Ukraine, und es fehlte an nichts. Zum Musikstudium, erst in Moskau, dann in St. Petersburg, wurde der begabte Knabe von seiner Mutter begleitet. Alles vom Vater bezahlt. Er verlebte nach eigener Aussage eine glückliche Kindheit, die auch zeit seines Lebens Ausgangs-, Ziel- und Angelpunkt so vieler Phantasien gewesen ist, ein Lebensbild, das in sein Œuvre Eingang fand (*Peter und der Wolf, Winterliches Lagerfeuer* u. a.).

Kurzum, er wuchs in besten Verhältnissen auf, sorgenfrei und in einigem Luxus, der damals in diesen Kreisen einfach dazugehörte.

Dass er trotz glänzender Karriereaussichten »im Westen« überhaupt nach Russland zurückkehrte, verweist auf ein grundlegendes Desinteresse an Geld. Und ein grundlegendes Desinteresse an Politik. Wahrscheinlich zog es ihn wie viele Russen in die Heimat zurück, er wollte wieder »die reine, klare Kristallluft im winterlichen Moskau atmen« (Tagebucheintrag von 1927). Der heutige Leser staunt.

1917 hatte Prokofjev in Petrograd die Bekanntschaft eines amerikanischen Industriellen gemacht, der sich sehr für Musik interessierte. Amerika pflegte seit der Februarrevolution intensive Beziehungen zu Russland, immerhin hatte man dort fast wörtlich die Verfassung der Vereinigten Staaten übernommen. Es sah so aus, als würde sich das russische Reich nach amerikanischem Vorbild neu formieren. McCormick, der in Russland auf Geschäftsreise war, hatte Prokofjev angeboten, sich für ihn einzusetzen, sollte er einmal in die USA kommen. Prokofjev reiste nach Amerika, und McCormick hielt Wort. Dieser hatte ein Vermögen mit Landwirtschaftsmaschinen gemacht; ein Markenname, an den sich Prokofjev gut erinnerte, auf diesen Traktoren hatte er in seiner Kindheit auf dem Gut in Sonzowka gespielt. McCormick empfahl Prokofjev an die Chicagoer Oper, die er finanziell unterstützte, und diese gab *Die Liebe zu den drei Orangen* in Auftrag.

McCormick – McIntosh. Der irisch-amerikanische Magnat könnte gut als Vorlage für die Kunstfigur gedient haben.

Geradezu prophetisch muten in den 1918 geschriebenen *Missverständnissen* die Parallelen zu Prokofjevs eigenen Erlebnissen an, obwohl diese, wenn die Datierung stimmt, erst später eintraten. Die Vermutung drängt sich auf, dass er den Text nachbearbeitet hat, zu viel stimmt hier überein.

In der Erzählung zerstört ein junger Ingenieur eigenmächtig und ohne Grund sein junges Eheglück, verliert seine geliebte Lili. Prokofjev wollte heiraten, die spanische Sängerin Lina Llubera, die er in den USA kennengelernt hatte. Der Name *Lili* mutet wie die Alliteration des Namens der realen Geliebten an. Die Beschreibung Lilis jedenfalls passt genau auf Lina: bildschön, hochintelligent, gebildet, stolz und aus bedeutender Familie. Um Prokofjev war es geschehen, als er ihr in New York begegnete. Für die Verbindung wünschte er den Segen seiner Mutter. Diese war aber nach der Oktoberrevolution aus der Ukraine über das Schwarze Meer Richtung Istanbul geflohen und von den osmanischen Behörden auf den Prinzeninseln interniert worden. Prokofjev holte seine Mutter von dort erst nach Frankreich, dann nach Ettal in Bayern, wo er mit ihr und Lina lebte, Mutters Segen erhielt und heiratete.

In der Erzählung droht der vor Eifersucht rasende Ingenieur, seine Frau zu verstoßen und seine Glückseligkeit auf den Prinzeninseln zu suchen. Zweifellos reflektiert Prokofjev hier in Anbetracht seiner eigenen Liebesbindung die Gefahr, dass der Mensch bisweilen, so wie der wahnsinnige Ingenieur, selbst der ärgste Feind seines größten Glückes ist.

Prokofjev hatte wie erwähnt einen Hang zu den Absurditäten und den Kapriolen des Lebens. Und offenbar war es auch umgekehrt so. Seine letzten Jahre verbrachte er mehr oder weniger in Isolation. Seine familiären Verhältnisse waren schwierig, und er stand auf der schwarzen Liste der Parteiführung. Seine Werke wurden nicht mehr aufgeführt. Der befreundete Meyerhold war den Stalinschen Säuberungen zum Opfer gefallen, verhaftet und hingerichtet worden, Prokofjevs Frau Lina zu 20 Jahren verschärftem Arbeitslager verurteilt. Prokofjev bemühte sich, nicht zu verbittern, aber der Zustand fraß an seiner

Gesundheit. Ironie des Schicksals im allerletzten Moment: Der Vorsitzende des Obersten Sowjets, Iossif Wissarionowitsch Dschugaschwili, Stalin höchstpersönlich, verstarb am 5. März 1953, am selben Tag wie Sergej Sergejewitsch Prokofjev in Moskau. Ausgerechnet der Diktator also entriss dem unpolitischen Prokofjev, dem alle Obrigkeitshörigkeit zutiefst suspekt war, im buchstäblich letzten Augenblick jedwede Beachtung. Überwältigt vom undenkbaren Tod des *Großen Schnurrbartträgers*, nahm in Moskau nicht nur niemand Notiz von Prokofjevs Ableben, sondern es blieb im Moskauer Trauersturm tatsächlich nicht eine einzige Blume übrig für Sergej Sergejewitsch Prokofjev.

Ich bin kein Prokofjev-Experte, kein Musikwissenschaftler, kein Historiker. Es gibt andere, die mehr über diesen außergewöhnlichen Musiker und Menschen wissen und zu sagen haben. Als Musiker habe ich seine Musik immer geliebt, und da ich nun die Möglichkeit und die Ermutigung Oleg Prokofjevs hatte, an einem Werk dieses Komponisten zu arbeiten, und mit den Erzählungen an einem nahezu unbekannten noch dazu, konnte ich nicht widerstehen. Ich tat es mit derselben Hingabe, mit der ich an einer Partitur arbeite. Der Weg zur Veröffentlichung hat Jahre gedauert. Aber alle Widrigkeiten hatten etwas Gutes und, ganz à la Prokofjev, Ironisches. Diese Geschichten reizten mich besonders, da es von Sergej Prokofjev keine Musik für mein Instrument gibt und mir eine Bearbeitung für Gitarre ungehörig erschien. Inzwischen aber hatten mir Freunde zugeredet, die Erben Prokofjevs keine Einwände erhoben, sondern mir die Genehmigung erteilt, und die Transkriptionen seiner Musik haben sich als ausgesprochener Glücksfall für mein Repertoire erwiesen. *Honi soit qui mal y pense.* Gerne würde ich Andrés Segovia davon erzählen.

Es freut mich besonders, dass diese Texte nun auf das Interesse und das Engagement von Elke Heidenreich gestoßen sind, die sie in ihre Edition aufgenommen hat, um sie dem Publikum zugänglich zu machen und das Bild eines der bedeutendsten Komponisten des 20. Jahrhunderts zu vervollständigen. Dies war mein Anliegen. Für die Unterstützung auf diesem Weg danke ich allen Beteiligten.

Ganz besonderer Dank gilt Alexandra Kravtsova für ihre engagierte Mitarbeit an der Übersetzung und dafür, dass sie bei all meinen Fragen zur russischen Sprache, zu den kulturellen Hintergründen und dem mühevollen Abwägen der richtigen Worte nie die Geduld verlor. *Spasibo bolschoje!*

Lucian Plessner

Zeittafel

1891	Sergej Sergejewitsch Prokofjev wird am 23. April auf Gut Sonzowka im Gouvernement Jekaterinoslaw, Ukraine, geboren.
1902/3	Während des Sommers erhält er auf Gut Sonzowka durch den Pianisten und Komponisten Reinhold Moritsewitsch Glière Unterricht.
1904–1914	Als Dreizehnjähriger beginnt Prokofjev sein Studium am St. Petersburger Konservatorium, u. a. bei Alexander Glasunow, Nikolai Rimski-Korsakow und Anatoli Ljadow.
ab 1908	Prokofjev tritt als Pianist auf und spielt bereits eigene Stücke, von denen einige ab 1911 gedruckt werden.
1914/15	Komposition der *Skythische Suite*, der ersten seiner sechs Sinfonien.
1914-1918	Prokofjev gibt Konzerte in Russland und macht sich einen Namen als Pianist.

Während seiner Konzertreisen verfasst
er die Erzählungen *Ein fieser Hund*
(Juli 1917) und *Der wandernde Turm*
(Mai/Juni 1918).

1916/17 Komposition der Oper *Der Spieler*, die
auf dem gleichnamigen Roman von
Dostojewski basiert.

1918-1920 Nach einer kurzen Reise nach Japan länger Aufenthalt in den USA (Ankunft im
August 1918).
In New York verfasst Prokofjev die Erzählung *Die zwei Grafen* (Oktober 1918)
und lernt seine zukünftige Frau Carolina
Codina kennen, eine spanische Sängerin,
die unter dem Künstlernamen Lina Llubera
auftritt.

1920-1933 Übersiedlung nach Frankreich. Abgesehen
von den Jahren 1922-23, die Prokofjev im
bayerischen Ettal verbringt, und einigen
Reisen lebt er in dieser Zeit größtenteils in
Paris.

1921 Uraufführung der 1919 komponierten
Oper *Die Liebe zu den drei Orangen* und des
Balletts *Das Märchen vom Schelm*.

1923	Prokofjev heiratet Carolina Codina in Ettal.
1924	Im Februar wird der erste Sohn Swjatoslaw geboren.
1927	Eine Konzertreise führt Prokofjev zum ersten Mal seit 1918 wieder in die Sowjetunion.
1928	Der zweite Sohn Oleg kommt im Dezember zur Welt.
1933-1936	Prokofjev pendelt zwischen Paris und Moskau.
1936	Er kehrt endgültig nach Russland zurück und lässt sich mit seiner Frau und den beiden Söhnen in Moskau nieder.
1936	Komposition des sinfonischen Märchens *Peter und der Wolf (russischer Titel: Pionjer Pjotr)*, auf Anregung von Natalia Saz, der Leiterin des Kindertheaters in Moskau, um Kinder mit den Instrumenten des Sinfonieorchesters vertraut zu machen.
1938	Uraufführung des 1935/36 komponierten Balletts *Romeo und Julia*.

1939-1941	Stellvertretender Vorsitzender des Moskauer Komponisten-Verbandes.
1940/41	Komposition der Oper *Die Verlobung im Kloster*, bei der Prokofjev zum ersten Mal mit Mira Mendelson zusammenarbeitet.
1941	Prokofjev verlässt seine Familie und beginnt ein Verhältnis mit Mira Mendelson.
1941-1953	Komposition der Oper *Krieg und Frieden*, an der er bis zu seinem Tod arbeitet. Zusammenarbeit mit dem Filmregisseur Sergej Eisenstein (*Alexander Newski*, *Iwan der Schreckliche*) und gemeinsame Evakuierung nach Alma-Ata. Um die Vereinigten Filmstudios von Moskau und Leningrad den Gefahren der herannahenden deutschen Truppen zu entziehen, wurden diese nach Alma-Ata, Kasachstan, verlegt.
1945	Komposition der *Ode auf die Beendigung des Krieges*. Uraufführung des 1944 komponierten Balletts *Aschenbrödel*.
1946	Nach einem Sturz gesundheitlich angeschlagen, zieht sich Prokofjev auf seine Datscha im Dorf Nikolina Gora nahe Moskau zurück.

1947   Die Ehe zwischen Prokofjev und Carolina Codina wird, weil im Ausland geschlossen, von den sowjetischen Behörden für ungültig erklärt.

1948   Heirat mit Mira Mendelson.
Carolina Codina wird unter dem Vorwand der Spionage ins Arbeitslager deportiert. Trotz großer Anstrengungen – Prokofjev bittet seinen einflussreichen Freund Schostakowitsch um Hilfe – gelingt es nicht, sie freizubekommen.
Prokofjevs Gesundheitszustand verschlechtert sich.
Komposition der Oper *Geschichte eines wahren Menschen* in Zusammenarbeit mit Mira Mendelson.

1948   Das ZK der KPdSU wirft Prokofjev formalistische Tendenzen und volksfernes Komponieren vor. Seine Werke werden in der UdSSR nicht aufgeführt.

1951   Offizielle Rehabilitierung.
Nach 1943 *(Klaviersonate Nr. 7 B-Dur op. 83)*, 1946 *(5. Sinfonie, Klaviersonate Nr. 8, Cinderella-Ballett)* und 1947 *(Sonate Nr. 1 f-Moll op. 80 für Violine und Klavier)* wird Prokofjev für sein Oratorium *Auf Friedenswacht*

zum vierten Mal mit dem Stalinpreis ausgezeichnet.

1953 Prokofjev stirbt am 5. März 61-jährig in Moskau, am selben Tag wie Stalin. In der Öffentlichkeit findet sein Tod wegen der Trauer um den Diktator kaum Beachtung. An seiner Beerdigung am darauffolgenden Tag nehmen nur rund vierzig Gäste teil.

1957 Uraufführung der Oper *Krieg und Frieden*.